Peter Rühmkorf

Funken fliegen zwischen Hut und Schuh

Ich brauch immer weniger Bücher./Aber d i e s e / müssen natürlich geschrieben werden.

q

Peter Rühmkorf

Funken fliegen zwischen Hut und Schuh

Lichtblicke,
Schweifsterne,
Donnerkeile

Ausgewählt und herausgegeben
von Stefan Ulrich Meyer

Deutsche Verlags-Anstalt
München

Aber dann, aufeinmalso, beim Schlendern, / lockert sich die Dichtung, bricht die Schale, / fliegen Funken zwischen Hut und Schuh: / Dieser ganz bestimmte Schlenker aus der Richtung, / dieser Stich ins Unnormale, / was nur einmal ist und auch nicht umzuändern: / siehe, das bist du. W1/351

Theorie: Wer inhaltlich etwas gewinnen will, muß formal etwas opfern.
q

1. Über große Geister und kleinere 9
2. Ich liebe Dich, Liebe, ich liebe 31
3. Arbeit ist des Artisten Schmuck 43
4. Der Leidensmann als Frohnatur 57
5. Kritik, die Himmelsgabe der Verkennung 65
6. Bis ich erwachte ... mitten auf dem Markt 73
7. Schnaps, du mein Brennglas, in dem ich mich sammle, verliere 85
8. Wer nicht an ein besseres Drüben glaubt 93
9. Die Wahrheit und nichts als die Wahrheit 101
10. Wenn ich einmal »ich« sage, wie viele da wohl noch mitreden können 107
11. Was ist der Mensch? 115
12. Mein finsteres Untertagebuch 121
13. So sitzen wir auf wohlgeteilten Ärschen – Gedanken zu Wirtschaft und Politik – 127

Die Biographie ist zuende, die Bibliographie beginnt. 146

1. Über große Geister und kleinere

Die wir anbetend und ergeben zu Füßen der Heroen-Generation gesessen haben (Ringelnatz, Mehring, Tucholsky) – aber zu unseren Füßen sitzt schon gar niemand mehr. q

Zu Joachim Ringelnatz
Hoch sollst du leben,/solang ich selbst eben noch lebe,/ großer kleiner,/bis in den letzten Nervenstrich spinnweb-feiner/unübersetzbarer Mann! We/21

Sarah Kirsch: Das ist ja sowas von übersetzbar. q

Vor Gottfried Benn steh ich stramm, aber vor Ringelnatz knie ich. q

Wo in diesem fluidalen Berufe/ohnehin jeder jeden und jede beerbt/(also alles soweit im Fluß)/wünsche ich mir für die Tage nach Ladenschluß,/nein, keinen Ordensstern, keine Ehrenschleppe,/aber daß ihr vielleicht in die unterste Stufe/ der Ringelnatztreppe/meinen Namen einkerbt. We/20

Wünsch mir im Himmel einen Platz /(auch wenn die Balken brächen)/bei Bellman, Benn und Ringelnatz/und wünschte, daß sie e i n e n Satz/in e i n e m Atem sprächen:/nimm Platz! We/125

Ah, Gottfried Benn/»Oh daß wir unsere Ururahnen wären« –/ Wir wollen es nicht nur,/wir sind es, Euer Ehren. q

Gottfried Benn: immer nur Liebeskummer, Ruhmsucht und Geldsorgen; einfaches Leben. q

Als mich vor noch gar nicht so langer Zeit ein guter Kenner meiner Bücher unvermittelt mit der Frage überraschte, »Herr R., was würden Sie eigentlich als Zentrum Ihrer literarischen Bemühungen betrachten«, sah ich mich genötigt zu antworten: »Mein Zentrum? Naja, das ist natürlich kein fester Punkt im Gelände, es ist eher ein punctum saliens, und was ihn mal so und mal so springen läßt, sind gewisse Hochspannungsfelder, denen ich mich mein Leben lang ausgesetzt habe. Ich könnte diese Oszillation zwischen entgegengesetzten Polen auch mit den Namen zweier Dichter in Verbindung bringen, sie heißen Gottfried Benn und Bertolt Brecht, die beide gleichrangig als Systembildner für mich wichtig geworden sind.«
Ich hatte bewußt Systembildner gesagt, nicht einfach nur stilistische Anreger, obwohl das eine ohne das andere nie ganz zu denken ist. Aufmerksam machen möchte ich Sie allerdings auch auf die Sonderbarkeit, daß es natürlich noch ganz andere Anreger geben kann, Poeten mit den süßesten betörendsten Flöten und eigenartigen bis einzigartigen Zungenschlägen – Georg Trakl zum Beispiel oder Ferdinand Hardekopf oder Joachim Ringelnatz – nur daß sich mit ihren Namen kaum der Gedanke an lyrische Lehrgebäude oder programmatisches Wirkenwollen verbindet.
Erst mit Benn und Brecht gingen für uns zwei miteinander konkurrierende Leitgestirne am deutschen Dichterhimmel auf, die richtungweisend in die deutsche Nachkriegsszenerie hineinfunkten. Immer bedenken Sie, wir befanden uns mittlerweile Anfang bis Mitte der Fünfziger Jahre, in denen die Deutschen ihr latentes schlechtes Gewissen durch Arbeit, Arbeit und nochmals Arbeit abzutragen suchten, nur daß in unseren Schulen und Universitäten immer noch kein neuer Pfingstgeist eingezogen war. Im Gegenteil, der Sündenfall der deutschen Geisteswissenschaften als aktive oder duldende Shareholder der Nazidiktatur und ihre nachhaltige Unbußfertigkeit, wurden von der Dunstglocke des konservativen Lehrbetriebs weitgehend aufgeschluckt, und an einen Selbstreinigungsprozeß

war im Netzwerk der seilschaftlich verbundenen Ordinarien überhaupt nicht zu denken. Hier blieben die jungen Studiosi also weitgehend auf die intellektuelle Selbstversorgung angewiesen, und sie drehten ihre Ohren in alle möglichen Richtungen, ob nicht irgendwo eine Heilsbotschaft aufzuschnappen war, die ihrem geistigen und moralischen Erneuerungshunger entsprach. Ich muß hier noch einmal hervorheben, daß sich die Schatten des Hitlerkrieges noch lange nicht verzogen hatten, aber daß ein neuer schon wieder drohend an den Horizont geschrieben stand, der sogenannte kalte Krieg, was meinen Freund Werner Riegel und mich bewegte, eine von uns gegründete Literaturzeitschrift herausfordernd »Zwischen den Kriegen« zu nennen. Dabei traf sich ein gewisses apokalyptisches Grundgefühl (FINISMUS hieß die von uns programmatisch ausgeläutete Kunstrichtung) mit dem ihm widersprüchlich assoziierten Bedürfnis, aufklärend und agitatorisch in die Zeit hineinzuwirken und dem erahnten Verhängnis gesellschaftskritisch zu begegnen. Wir haben hier also zwei antagonistische Schreibantriebe zur Kenntnis zu nehmen, die schwer auf einen Nenner zu bringen waren, allenfalls auf einen Bruch, und Freund Riegel erfand auch gleich den passenden Begriff dafür, das Pariawort »Schizographie«.
Ich denke, das erklärt auch unsere in sich gespaltene Neigung zu unseren antagonistischen Vorbildern Benn und Brecht. Wo wir uns in unserem finalen Fracksausen geradezu leidensgenossenschaftlich von Gottfried Benn angezogen fühlten, mochten wir dem Verlangen nach einer Veränderung der Verhältnisse doch nicht einfach Valet sagen, was uns dann wieder an die Seite unseres anderen Gewährsmannes trieb.

Wo/37ff.

Schöpflöffel, die nur aus sich selber schöpfen?
Wir fußen doch alle
auf andrer Leut's Köpfen.
Leben lustig von Hin- und Widerhallen,
aber irgendwas
muß dir auch selbst einfallen.
Daß die Kundschaft von sich aus bekundet:
Das isses!
Etwas relativ Sui-generisses. q

Wer über den Dichter Erich Kästner Auskunft geben möchte, macht immer wieder die gleiche bemerkenswerte Erfahrung: der Rezensent oder Interpret kommt unversehens ins Zitieren und dann aus dem Aufsagen überhaupt nicht mehr heraus.

Dr/107

Wenn Hölderlin und Klopstock und/das alles vergessen ist, / dann fangen wir wieder von vorne an:/Der Hahn kräht auf dem Mist. q

Die Bibel sitzt nicht mehr, die Fabeln nicht, die Märchen, kein Volkslied, kein Kinderlied, kein Homer – aber was stattdessen? Das bißchen Asterix und Heavy Metal haben wir doch auch noch intus. q

Zu Johann Wolfgang Goethe
Goethe als eine Ankleidepuppe für Oberlehrer Ta/62

Und werdet sein wie Goethe: wenn ihr nach euren jugendlichen Anwandlungen/Exaltationen glücklich in den Staatsdienst getreten seid – Ta/62

Voller Obsessionen und ideenlenkender Vorlieben. Goethe als nicht irgendein Dilettant, sondern als Prinzip des Dilettantismus. Der Allfummler – ein Generalissimus – an tausend Zerstreuungen hingegeben wie ein Tagedieb – hinzu noch sein Pensum, das jede dichterische Kontinuität zerriß. Folgerichtig seine ständige Angst zu zerlaufen und Selbstbeherzigungen als Konzentrationshilfe. Ta/62

Er wußte, Menschen zu benutzen, zu gebrauchen, zu verbrauchen (darin Brecht nicht unähnlich) – sein diplomatischer Charme – sein souveränes und gewinnendes Wesen – auch wie er sich Eckermann zurechtdressierte und ihm listig das WIR anbot. Ta/64

Diese große Umwälzmaschine, die die Menschen taxierte, schnell, auf ihre Brauchbarkeit hin für das große Werk. Ta/65

Diese Futterkrippe für Zitate und Zauberformeln, dieser Freitisch für Sprücheklopfer. Ta/65

Sein im Grunde improvisatorisches Schaffen: aus einer Intuition, einem Schwung, einer Laune heraus – paar Bleistiftzüge im Fluge, und die Sache sitzt. Ta/66

Zu Günter Grass

GG eine allegorische Natur, die auch im privaten Rahmen gar nicht anders als allegorisch, sinnbildhaft in effigie handeln kann. Hatte es zuerst nur für schlechte Angewohnheit oder psychopathischen Zug gehalten, als ich sah, daß er abgebrannte Streichhölzer wieder in die Schachtel zurückstöpselte. In Betrachtung seiner künstlerischen Gestaltungszwänge läßt sich die unscheinbare Marotte freilich auch als Charakterzeichen lesen: totes Holz auch hier und jedes verkokelte Spänchen noch des Bewahrens/Festhaltens wert. Ta/336

Enzensberger [war] und wurde für mich immer mehr: dichtender Generationsgenosse, den ich als Genossen und Dichter gleichzeitig hätte ansprechen mögen. Daß es fast nie dazu kam, rührte vermutlich von der nahezu vollkommenen Unvermischlichkeit der Temperamente her (eine Beobachtung, die sich ganz mit den Erfahrungen Walsers deckt, für den E., trotz ganz anders ausgebildeter Freundschaft, immer etwas Unfaßbares behielt). Wenn wir uns zufällig einmal trafen, entwich er alsbald in dringende Termine, Verabredungen auf Flugplätzen, Besprechungen in Hotel-Lobbys, Projektkonferenzen für alle Medien und auf allen Wellenlängen. Vermutlich ist er überhaupt kein Festkörper, sondern ein Luftwesen, das Prinzip Hoffnung auf Rädern, der Weltgeist auf Achse, sich den Zeitströmungen auf eine seglerhafte Art akkommodierend, dennoch sie schamlos nutzend zum Transport einerseits seiner selbst und zweitens seiner politischen Nutzlast (oder umgekehrt), tief unbereit, auf etwas so Materiales wie sagen wir mal ein freundschaftliches Gespräch sich einzulassen. W2/204

Wolfgang Borchert ist immer schon mehr und immer etwas anderes gewesen als ein Fall der Literatur oder ein Gegenstand der Literaturwissenschaft. Wer ihn auf der Schule zum Wahldichter nahm, ihn einer Dissertation für würdig befand oder sein Theaterstück (»das kein Theater spielen will«) für die Studentenbühne inszenierte, meinte selten den Schreibekünstler allein, er meinte die gemeinsame Sache; und wo sich jemand auf die Sache berief, nahm er gleichzeitig auch den Menschen, die Person für sich in Anspruch. Dr/154

Zu Ulrike Meinhof
Daß ihre wirkliche Wunde Klaus Röhl heißt, will die in ideologische Wahnvorstellungen vernarrte Mitwelt schon gar nicht wahrhaben – es verstieße allzu lachhaft gegen ein oblatenhaftes Heiligenbild. Die Wahrheit? Ein Witz: Heilige Johanna verzehrt sich in unerwiderter Liebe zu einem Wichsblattverleger. Röhls kürzlich geäußerte Idee, Ulrikes gesammelte Leitartikel als Raubdruck herauszubringen, läßt umgekehrt auch gewisse bleibende Anhänglichkeiten erkennen – die Anhänglichkeit eines Blutegels. Ad/84

Wenn einer seine Vergangenheit derart wegleugnet wie Röhl, darf er sich nicht wundern, wenn andere davon unrechtmäßigen Gebrauch machen. q

Zu Klaus Staeck
Zuerst denkt man, oder könnte doch wie seinerzeit Rinos Tochter versucht sein, zu meinen: auch so'n intellektuelles Gefrierbrandhähnchen; aber dann reißt er den Schnabel auf wie ein richtiger Kampfhahn, und man glaubt, die Flügelschläge der guten alten *Weltbühne* rauschen zu hören. Alles an ihm ist Partei, nichts ideologisch, und selbst wo er hochfahrend bis abweisend scheint, empfindet man solcherart Hoffart als herausreißend. Ta/416

Du und die politische Moral, Ihr seid doch gewissermaßen Geschäftspartner. q

Dank Fortuna, du bist jünger,/doch ich frag mich voller Schrecken,/wer von uns wird nun den Finger/in die deutsche Wunde staecken. q

»Wer sich selbst kommentiert, geht unter sein Niveau«, so ungefähr hat Ernst Jünger einmal gesagt; was sich im Umkehrschluß freilich auch so beantworten ließe: »Wer Angst hat, unter sein Niveau zu gehen, der kommentiert sich selbst.« Ta/430

Werde nie das Gefühl los, daß J.s entomologische Streifzüge auch nur Beutezüge, heißt verkappte Kriegszüge sind. Ernst Jünger: der Kammerjäger des deutschen Kulturkonservatismus. Ta/447

Alles ein bißchen mit Grünspan geschrieben q

Schnappapparaturen für Conclusionen q

Auf Heidegger hab ich mal zwei-drei kostbare Lebenswochen verwendet, die Zeit tut mir immer noch leid. q

Verknaupelter Geist [...] Feiger Hund im Grunde u., wie Kurt Hiller absolut richtig vermerkt: »metaphysischer Blumenkohl«. Überhaupt nicht zu fassen, daß an dessen verlogenen Lippen einmal Hannah Arendt gehangen hat. Ta/88

Der unamüsanteste Geist, der je auf deutschem Boden philosophiert hat. Metaphysik mit Gamsbart und Knickerbockern und stilistisch allenfalls als Katachrese zu fassen: angestrengtes Stroh. Ta/169

Weil ja, das Nichts ist nicht neu./Nicht einmal neu zu besingen./Auch Nietzsches Schnauzer nur zwei/hangende Steinadlerschwingen. We/77

Eigenartig zu lesen, daß eine Figur wie Nietzsche heute wieder an einen gesamteuropäischen Krisennerv rührt. Die Auflösung eines zerscherbten Kopfes in zerstreuselte Wahnsinnspartikel ein Centenarereignis. Die Tage von Turin als Jubiläumsanlaß. Die Umarmung eines geprügelten Droschkengauls ein Fall für die Annalen. Ta/20

Wagners Gelsenkirchener Barock: Meistersinger – nachgemachtes Altdeutsch, Möbel in Musik gesetzt q

Ist das Gedicht zu lang? In der Oper lassen sich die schlechtesten Verse kilometerweise vorführen – bei Hinzuziehung von Musi geht das schon. q

Handke zwischen Mönchsberg und Venusgrotte q

Zu Konrad Adenauer
Der Mann paßt, paßt, wie die Faust aufs blinde Auge dieses bundesweiten Restauratoriums, auf seine Eisschrankmoral und sein Nestwärmebedürfnis, seine Beharrungsfreude und seine Veränderungsunlust. W2/167

Zu Helmut Kohl
Die Dickfelligkeit des Kanzlers geht auf keine Kuhhaut.
q

Dieses kunstvolle Abwinken bei Fontane, diese hoheitsvolle Resignation, Heroität im Diminutiv, man muß ja gar nicht immer und überall mit geballten Fäusten in die Gesellschaft hineinfuchteln. q

Zu Herman Melville
Auf eine beglückende Art zerschmetternd q

Kafka, der auf Anhieb Unverbesserliche q

Freud, der die herkömmlichen Traumdeutungen durch ein wissenschaftliches System abgeschafft glaubte, das doch auch nur Mythologie war. q

Karl Kraus: zur Hälfte recht behalten, aber zu 50 % leere Rechthaberei q

Zu Johannes Kühn
Nachtwandelnde Glocke in seinem Narrenturm. Ta/300

Interessant, daß August Stramm (Jahrgang 1874) eigentlich ein lyrischer Spätentwickler war und unter den lyrischen Neutönern des Expressionismus fast schon ein älterer Herr. Kommt noch von der impressionistischen Reitschule Liliencrons her, was u.a. seine freirhythmischen Organisationsformen gegenüber den strophischen Zwangskorsetten seiner jüngeren Kollegen (van Hoddis, Heym, Lichtenstein) erklärt. Die »Adjudantenritte« des lyrischen Kavalleristen und Meldereiters als anregende Beispiele gar nicht hoch genug zu veranschlagen, zumal auch Stramm passionierter Reiter und Pleinairdichter war. Ta/376

Strammbriefe. [...] Wieder ziemliche Wahnsinnsgemische: einerseits die bekannte innere Pickelhaube und zum andern dann alles absolut krank und genial. Mein altes Predigen: daß die Kunst mit Sicherheit nicht unseren lichtesten Trieben entspringt und es im Zweifelsfall der Komplex persönlich ist, der die Zündspule bildet. Apollinaire m. E. ganz ähnlich schief gewickelte Gamasche. Ta/381

Erich Fried: der dichtende Briefkastenonkel q

Bei Erich Fried klingt jedes Gedicht wie ein Wort zum Sabbat. q

Celan: dieses depressive Geklumpe dem Applaus des Publikums aussetzen. q

Diese Lapidar- und Edelsprache von Ingeborg Bachmann

q

Das Drucksen der I. B. als eine den Publikumserwartungen durchaus kalkuliert entgegenkommende Redehemmung.

Ta/300

Immer wieder mal Max Frisch lesen, um zu lernen, wie man das eigene Leben nicht anpacken darf: derart mit der Zuckerzange. Dabei ist er auf einer mittleren Ebene gar nicht mal schlecht, in der kunsttischlerischen Bearbeitung von Oberflächen sogar vorbildlich und als politischer Meliorist ein brauchbarer Bundesgenosse. Die Frage ist nur, warum mich das alles so leer läßt. Wahrscheinlich weil es nichts hergibt. Und warum gibt es nichts her? Weil der Autor nichts preisgibt. Warum gibt er nichts preis? Weil die bürgerliche Resputationsperson immer nur in Kategorien der öffentlichen Kleidsamkeit denkt und dem verborgenen, dem Zwangs- und Suchtcharakter nicht das geringste Aufkommen gönnt. Warum begegnet er uns im Umgang mit sich selbst nicht *einmal* larmoyant? Mißgünstig? Verkniffen? Von Ressentiments verzerrt oder einfach nur unausgewogen: »Wieso hab ich dieses Jahr wieder mal den Nobelpreis nicht gekriegt?!« In unserer winzigkleinen Galaxis spricht sich doch alles herum, und man weiß, wie er sich gegiftet hat. Ta/102f.

Zu Cesare Pavese
ein Sentenzenschmied q

Vorgestern Nachricht vom Tode Thomas Bernhards, was ich ungern hörte, weil ich mir meine Antipoden lieber unter den Lebenden aussuche. Ein über Jahrzehnte hin vorgequirlter Mythos, der nach dem Ableben dann natürlich besonders verrückt spielt. In allen Feuilletons, dito Funk- und Fernsehnachrufen die Mär vom großen Unbekannten, was die Mißweisungen nach oben freilich mit keinem Sterbenswörtchen in Rechnung stellt. Eigentlich ist mir B. noch übers Grab hinaus unsympathisch. Eine Art von spezifisch österreichischem Allürentheater und zum Fußaufstampfen ständig bereites Drohverhalten, das den Masochismus der szenebegleitenden Feuilletons immer heimlich mit einkalkuliert. Neulich bei Brandauer eine gewisse physiognomische Verwandtschaft festgestellt. Brandauer ein Bernhard nach der Schönheitsoperation. Ta/30f.

Leidens-Artistik von Thomas Bernhard: wie 'n gefoulter Italiener q

Derrida: Ich glaub, der Mann redet zuviel für das bißchen Inhalt. q

Also ich höre nun jeden Tag etwa 20 Namen, die etwas sein sollen. q

Die meisten zeitgenössigen Lyriker: Frühorgasten. Ta/29

So sterben diese Bücher an Entkräftung/trotz Bleisatz, Handdruck, Fadenheftung. q

Gestern abend Besuch von Opitz und Haffmans, der mir Gernhardts neuen Bilderband »Innen und außen« mitbrachte. Seitdem geblättert, gelesen, gestaunt, wie beschwingt und sachkundig das sein kleines Taschentheater in Gang hält, wohingegen Ich-mal-wieder mit meinen scheppernden Begriffsblechen?! Ta/15f.

R.G. als Maler: kein Satiriker, kein Scherzbold, kein Schnellzeichner – fast ein malender Mönch. Andächtig über seine kleinen Formate gebeugt. Ta/202

Apotheose heißt auf deutsch Vergötterung, Verherrlichung, und so richtig verherrlichen läßt sich in der Kunst natürlich besonders gut das Erniedrigte und Beleidigte, das Verkommene und Aussortierte und zum Abfall Geworfene. Man kann es auch so sehen, daß Janssen – entgegen einer weltumfassenden Wegwerfbewegung der modernen Zivilisation – einfach nichts liegen und verkommen lassen kann, keine Kippe, keinen Hosenknopf und keinen Apfelgriebschen, er muß das alles bewahren und recyclen und mit Kunst in den Himmel heben. Und wenn er dann noch den passenden gebrochenen Karton und die richtige durchschlagende Briefrückseite und ein ordentlich verknicktes Stück Brauchpapier dazu findet, dann hat das alles schon seine Schöpferordnung. Ja/14

Bei Janssen wußte wenigstens jeder, daß er es mit van Gogh zu tun hatte und war vorsichtig. q

Streichhölzer so hinlegen wie Janssen oder Verkehrsschilder wie Hockney, das bringt in unserer Innung leider keiner hin. q

Dieses wär mir schon genung, / meine, an Talenten, / wenn sie einen Hund im Sprung / richtig malen könnten. q

Markus Lüpertz: Dressman des Aufruhrs und alle Hände voller Klunker. q

Warum ist das eine Bild was, das andere Bild nichts? – Um das Gute zu erkennen, mußt du so lange hinsehen, bis die Preise diese gewisse Marke erreichen. q

Der Kunsthandel handelt schon nur noch mit Unvermögen und Größenwahn. q

Auf die Freiheit der Kunst berufen sich alle Nichtskönner. q

Ich hätte auch solche Sprüche machen können wie beispielsweise Beuys, die tief klingen, weil sie vollkommen hohl sind. (Bongo bongo) q

Penck etc.: Häufchen Scheiße und Siegel drauf q

Wenn die Tätowierten 'n Penck sehen, müssen sie doch denken, sie wären noch niveauvoll verziert. q

Bildersammler: Penck Baselitz pp. – Es ist immer etwas teurer, einen schlechten Geschmack zu haben. q

Zeitgenössische Kunst: Kitsch und Aufwand q

Bei Magritte fragt man sich doch immer wieder, ob er nach dem Einfall noch Lust hatte, das Bild zu Ende zu malen.

Rudi Carrell: Wenn die Menschenverachtung dem Showmaster nur so aus dem Gesicht blickt. Ta/259

Zu Peter Handke
Ein öffentliches Sichwichtignehmen, das der Belanglosigkeit seines blinden Reiselebens auf spiegelverkehrte Weise entspricht. Verwöhntes Kerlchen, das seine Gereiztheiten als innere Verwerfungen ausstellt. Ta/260f.

Handke, dieser kleine Blasebalg q

Handke: anspruchsarm und selbstüberzogen q

Vortrag im vielfach gesicherten und mit Überwachungskameras ausgestatteten »Jüdischen Gemeindezentrum«. Der Vorsitzende Friedmann, CDU, ein glattgelackter Sammy Molchow mit scheinfrommem Augenaufschlag und dem gesammelten, etwas glasigen Hochmut eines Herrenmenschen. Ta/34

Broder, der Reibflächen für seine verkokelten Zündhölzer sucht q

Biermann: dünn angerührt und dick aufgetragen q

Henscheid, der sich für einen frechen Rohrspatz hält, ist vermutlich auch nur ein Dreckspatz. Ein Autor, der es nicht verwinden kann, nicht der ernstzunehmenden Literatur zugerechnet zu werden und nun überall herumquakt: »Ich bin ein Humorist. Ich bin ein Humorist!« q

Mit Nichterwähnung ist kein Werturteil verbunden. W2/352

Zu Heinrich Heine

Entgegen jener allerhöchsten Tugendgottheit, die ihn in ihrem eigensüchtigen Sinn zu bilden und Poesie und Märchenwesen aus seinem Leben zu exorzieren suchte, hat er sich eine Identiät wahrhaftig erst erdichten müssen und sich in jeder Beziehung des Wortes auch diesen klingenden Namen selbst gemacht: HEINRICH HEINE: ein Kunstprodukt und eine treffende Widergängerchiffre: schneidend wie ein Säbelhieb und einschmeichelnd wie ein Reim. Dr/35

Zu Kurt Kusenberg

Wo sein Vertrauen erst einmal Fuß gefaßt hatte, konnte sich der immer ein bißchen grämlich scheinende Schweiger durchaus als geselliger Connaisseur enthüllen mit einem Zug zu psychologisch angespitzten Mokerien und einem eff eff erlesenen Hochmut gegenüber der gesamten in Alltagsprosa verfaßten Wichtigkeitswelt. Letzten Endes bleibt aber doch der Eindruck von einem zufällig-unfreiwillig in den Erwachsenenstand versetzten Kindskopf, dem nach nichts so sehr verlangte wie nach einem jüngeren Spielgefährten. Da ihm der Zugang zu den verlorenen Kindheitsparadiesen freilich nicht ganz ohne die nötigen Übergangsdrogen gelang, und auch ich dazu neigte, meinen Arbeitskokon mit Stimulantien zu transzendieren, wurde ich dann auch Schluck um Schluck mit seinem verborgenen Dämon bekannt. Bei Lichte betrachtet – sagen wir einmal, bei Aladins Wunderlampenlicht – war Kurt Kusenberg nämlich so etwas kurios Paradoxes wie ein bekennender Anonymer. Was dabei als posthume Indiskretion erscheinen könnte, steht in der bacchischen Anthologie »Der ehrbare Trinker« von 1965 allerdings ganz offen zu lesen: »Wenn in den Werken eines Schriftstellers viel getrunken wird, kann man sicher sein, daß er selber trinkt, denn Literatur ist Selbsterfahrung.« Und wenn man den Anfang seiner Erzählung »La Botella« nur einmal beim Wort und das Wort bei seiner allegorischen Bedeutung nimmt (»Die Flasche, die später so viel umschließen sollte, hatte der alte Seemann selbst geleert«), gibt die hübsche Einkleidung doch zugleich auch Kusenbergs Inspirationslehre preis. Ich meine, die nur scheinbar unverfängliche Drollerie ist durchsichtig bis auf den Flaschengrund, und was sie besagt, ist nichts anderes, nichts geringeres, als daß der Geist aus der Flasche am Ende in hochsublimierter Form wieder in sie zurückkehrt. Ku/13f.

Zu Rainer Maria Rilke
Hat sich aus Hypersensibilität gegenüber störenden Außenreizen ein ganzes Leben lang ängstlich-eisern beiseite gehalten oder sich in die Schutzherrschaft von weiblichen Schirmgottheiten begeben: eine Nacktschnecke auf Gehäusesuche mit versteckten Schlössern, Burgen, Türmen als bevorzugten Unterschlupfen. Auch das Werk nicht zuletzt als Kokon oder Larvenköcher zu betrachten, ein besonders fein gewebter Schutzkordon aus selbstverfügter Feierlichkeit immer inklusive. Andererseits Reiseparasit, für den das unstete Malhier-Malda einen nie versiegenden Planktonstrom aus lichten Augen-Blicken, Aha-Momenten, Verwunderungsquanten bedeutet. Bei aller Berührungsscheu bemerkenswert fein entwickelte Fühlhörner für verwehende Stimmungen, hauchfeine Porzellane, brüchige Seiden, Altweibersommerfäden. Ta/211

Thomas Manns »Buddenbrooks«. Für einen 24jährigen schon vergleichsweise kolossal/genial, trotzdem von einer mir nicht ganz geheuren virtuosen Geläufigkeit, die menschlich nicht sättigt und außer einem leeren Schmunzeln keine tieferen Regungen hinterläßt. Meine gewisse Antipathie hat dabei nur zum Teil mit meiner lebenslangen Parteinahme für den experimentellen Roman und insofern für die andere Richtung (Döblin, Jahnn) zu tun. Ta/330

Hans Henny Jahnn als mutmachendes Beispiel einer zweifelsfrei in dem Bewußtsein einer eigenen Bedeutung wurzelnden Verstörung. Wenn man erst weiß, daß man eine Jahrhunderterscheinung ist, wird der Umgang mit den eigenen Nachtmaren schon wieder ganz leger. Alles fügt sich. Auch das eigene Lazarusbett erscheint als ausgesuchter Logenplatz vor den Sternen. Ad/81

Arno Schmidt zeigte, ehe er zur großen Kult- und schließlich zur Okkultfigur der postrevolutionären Szene wurde, durchaus menschlich gewinnende Züge. [...] Ich habe aber auch eine gewisse Verspanntheit seiner Physiognomie noch ganz gut in Erinnerung, die ihm eigen war wie ein unauflösliches Entfremdungszeichen: Hemmungen und Hochfahrenheit in einem derart verquer noch nie bei einem lebenden Menschen wahrgenommenen Verein. Dr/128

Die Arno-Schmidt-Schule: Nörgler, Besserwisser, Querulanten. Zum Titanen, gefesselten gar, hat es meist nicht gereicht. q

Wenn Georg Büchner uns in seiner ganzen spirituellen Unvergleichlichkeit doch so etwas wie ein weltliches Vergleichsmodell hinterlassen hat, dann dort, wo nach innen verschlagener Tatendrang sich im Medium der Sprache einen verwandelten Ausdruck schafft. De/12

Zu Werner Riegel
Bücher entfalteten sich ihm unter der Hand wie wahrhaftige Lebewesen, Flügelwesen, die erfreut schienen, gerade von ihm entdeckt und erobert worden zu sein. Selbst im empfehlenden Weitervermitteln – wenn ein Text sich ihm beim Vorlesen zusehends beatmete – spürte man ein seltsam augurisches Einverständnis zwischen dem gedruckten Wort und seinem Propheten und Ausbreiter, ein Beziehungszauber, der oft genug auf den Adressaten übergriff und aus Zuhörern Mitverschworene machte. [...] Vermutlich habe ich niemals vor ihm und auch nachher nie wieder einen lebenden Dichter getroffen, der sich derart selbstverständlich und perfekt in eine Doppelrolle fügte – hier der Büro- und dort der Götterbote –, wobei der gewaltige Anspruch nicht den geringsten Beigeschmack von Dünkel hatte. Dr/170f.

Bellman ist ein Berührungsphänomen und seine Lieder üben eine geselligkeitsstiftende Macht aus. In Bellmans Namen können sich Geistes- und Seelenverwandte finden, die vorher noch nie voneinander Notiz genommen haben. In seinem Geiste, ich meine im Geist seiner Lieder, habe ich schon Liebespaare sich bilden und politische Gegner sich an die Brust sinken sehen. Be/70

2. Ich liebe Dich, Liebe, ich liebe

Ist doch gut, wenn die Liebe auch noch 'n Wörtchen / mitzureden hat ... / eine Kraft, die alles entschuldigt W1/459

O Fortuna, mein liebes Geschwister, / wankelbusiges, gib dich gewogen, geneigt, / daß die Herbeigebetete, / daß sie sich zeigt: / tropfenbeglänzt wie ein Flüssiglüster / über den Wannenrand weg in mein Dachzimmer steigt. We/39

Nur leider, daß die Damen, / die Bäume und der Wind / auch mit den schönsten Namen / nicht nachzuahmen sind. We/14

Man kann ja die Augen nicht unentwegt / vor den eigenen Gedanken niederschlagen; / lieber nochmal richtig reinbeißen in die Welt / als die Frage der Überbevölkerung auf dem Spendenweg zu lösen. We/90

Wir hopsten dann auch gemeinsam durch die Uni-Grünanlagen, einfach mal wieder zwei mondbleiche Tittenpuddinge auf den Handtellern tanzen lassen (Vorsicht beim Festhalten von erotischen Einzelheiten: Du beschreibst nicht den ersten Orgasmus, mein Junge) Ad/85

Die Entjungferung war mir nicht vergönnt gewesen, aber die Enthemmung hab ich dann doch geschafft. q

Ich weiß, ich kuck schon grad wie der verkannte / V o r - s t a d t p o e t ... / (Liebe ist nichts für zwei) / Wie sag ich's dir? rein technisch bin ich Dante, / s e e l i s c h , / weil mir dein Arsch den Kopf verdreht, / nur noch ein Mops im Mai. W1/273

Es traut kein Bürger, segnet uns kein Paster, / kein Sozi stimmt mit ein. / Es muß, mein Kind, nicht immer gleich das Laster, / es kann auch Liebe sein. / Denn was sich liebt, das spottet der Erfahrung, / und was sich fesselt, gibt sich aus der Hand. / Dein Arsch hängt über mir wie eine Offenbarung: / gesammelt – und entspannt. W1/344

Ich liebe Dich, Liebe, ich liebe,/und stündest Du jetzt in der Tür,/ich schwöre Dir, ich verschriebe/dem Satan die Seele dafür. We/27

L i e b e: Oh, nicht zu nahe bitte,/wahre diese gewisse Entfernung,/die uns vor Abrieb schützt. q

Weil was du liebst, das ist was du erprobst/als wär's zum ersten Mal:/einziger Mai mit Möwen überm Obst / und Silber im Kanal. W1/437)

Unsere Träume kommen für unsere Versäumnisse auf. q

Mutterliebe ist ein Faß ohne Boden. q

Die Liebe ist das Antidot – gewesen. q

Eine von mir beim Abgang als überaus anziehend wahrgenommene Dame, die ganz offensichtlich meine Bekanntschaft suchte, bzw. mich an eine früher einmal gemachte erinnern wollte: »Nicole!« – nur daß sich in meinem neuronalen Niflheim auch bei bestem Willen nichts rühren wollte. Ta/98

Bei der Nachmittagsgymnastik einem jungen dicken Pummel zugeplinkert, eigentlich ganz hübsch, wenn sie sich nicht schon frühzeitig für die Rolle der Maulerin entschieden hätte. Kinn und Unterlippe zu einer zusammenhängenden und womöglich nie mehr erweichlichen Wallanlage aufgeworfen. Scheinstolze Pühh-Physiognomie. Ta/54

Ach Schönheit, wenn sie mich ergriffe,/mich packte, wirklich, bei der Hand/und nicht nur haltlos durch die Rippen pfiffe/ wie der Wind durchs Alte Land. q

Fataler Brief aus O-Burg. Hatte etwas zu freimütig und vielleicht sogar fahrlässig mit Fidibusen herumhantiert, und plötzlich steht da etwas rettungslos in Flammen. Aus Gedichtinterpretationen erwachsene herzliche Neigungen, die sich auf der anderen Seite schließlich derart erhitzt hatten, daß ich nur noch ein gespensterbannendes »Papier! – Papier!« darüber rufen konnte. Nun hebt auf einmal das Psychologisieren, Wortewägen und Punkteverteilen an, auf das meine Scherzi nie gefaßt waren und dem sie vollinhaltlich auch gar nicht gewachsen sind. Ta/154

Auch solch ein Halbpfund Herzeleid / nimmt mit dem Mondschein ab; / was dir gehört, was ihr gehört, / nicht frag dich, was es sei – / Unter dem Druck der Liebe schwört / so manche mancherlei. W1/444

Wie schnell doch die Schönheit dahingeht und – mit ihr – manchmal auch der Verstand. Ta/68

Die Hülle fällt und dann auch gleich die Blüte. q

Julia (in Begleitung eines Jungverlegers mit Designerbrille, eher Probieraufsatz vom Augenoptiker), als mich plötzlich (TEDDY auf der Brust) der Medusenblick einer zu allem entschlossenen Unschuld traf, energisch, ruchlos, unbelesen, daß mein Herz sich auf der Stelle verschluckte und die schöne Julia unversehens in den Rang einer guten alten Bekannten zurückglitt. Ta/101

Und dann merkst du allmählich selbst, / daß du ohne Liebe überhaupt nicht zu ertragen bist … Ta/99

Wer sich auf Expressionismus einläßt, muß vielmehr gewärtig sein, daß all diese furiosen Angriffe auf die Vaterwelt, tyrannische Patrone, sadistische Lehrer und professorale Unduldsamkeit auch das eigene Über-Ich mit erfassen und daß der Versuch, den alten bürgerlichen Adam abzustreifen, das ganze Ich in der Mitte auseinanderreißt.
Das offenbart sich besonders kraß und leidig dort, wo immer noch die strengsten Binnennormen herrschen, auf dem Gebiet des Sexuellen. Hier scheinen Tabuverstöße und demonstrative Regelverletzungen fast zwangsläufig von den Geierfittichen des schlechten Gewissens überschattet. [...]
Es kann ja das Geschlechtliche, es kann die Nacktheit, die Frau, das Mädchen gar nicht mehr wahrgenommn werden, ohne daß sich die düstersten neuviktorianischen Verfolgerschatten über unschuldige Schäferszenen senken oder daß ein beschworenes Wunschbild-Weibsbild von einer inneren Zensurinstanz zur Wasserleiche eingeschwärzt wird. Ex/13f.

Man onaniert nach solchen selbstvergessenen Gewalttouren absolut vorbehaltlos in den Abgrund, ja, das ist was, war was, und wenn dir die äußersten Spritzer die Nasenspitze netzen, hältst du das allen Ernstes für eine artistische Glanzleistung.
Ad/85

Zum Privatfernsehen
Die Vorstellung von Millionen von einsamen Wichsern an ihren Joysticks. Der Zugriff aufs Geschlecht bereits total wie früher bei der katholischen Kirche. Ta/67

Aktmagazine: es ist ja nicht nur die Konkurrenz der Papierpantherinnen, sondern auch der perpetuierte Donjuanismus

q

Der Geist ist willig – und das Fleisch folgt nach. q

Porno: aus deutschen Lenden frisch auf den Tisch q

Vom Suff der letzten Tage viel Druck auf den Eiern und O-, aber nur flache Verpuffung. Ta/146

Gegen die Hormone kannst du in Prosa schlecht anpredigen. Ta/261

Impotenz ist eine große Verzichtsleistung. q

Ich liebe manches / was keiner liebt, / nur weil es sich mir / von sich aus ergibt. q

Auge – Auge

Nase

KUSS

breite Schultern breite

langer langer Reißverschluß

dann die Öse dann die Nuß

Große Männer können sich naive Frauen leisten – als Luxus, sich an der Natur zu erfreuen. q

Literatur, auch moderne Literatur (Benn, Brecht, Jahnn pp.) war eine Absprache der Männer untereinander und über die Frauen (manchmal gegen sie). q

Ein Tag, den man allein fast nicht aushält, aber zu zweien könnte man sich leicht herausreden – q

Ehe oder Alleinsein: es ist immer die Frage, was man lieber lebenslang erträgt. q

Kleine Betrüger, Lügner, Hehler macht die Ehe aus allen – q

Wenn du nicht mit mir unglücklich geworden wärest, wärest du an einem andern verzweifelt. q

Es braucht viel Artistik, eine Ehe zu führen. q

Sich scheiden zu lassen, ein Gedanke so problematisch wie der an Selbstmord – aber einmal gefaßt, schafft er Luft. q

Meine Frau? – was meine liebe Frau dazu sagt? Meine liebe Frau sagt, daß sie ihren lieben Mann nur ungern so haltlos herumirren sieht, aber weiß letzten Endes doch, daß er allerletzten Endes der treueste Ehekerl von der Welt ist und wünscht sich nach noch vielen gemeinsamen Jahren ein gemeinsames Doppelgrab in Ohlsdorf, kleines Kuckloch zwischen den Kisten und verbindende Tuba traversa, wo man durchrieseln kann. Ta/208

Um die Augen zu überzeugen, / braucht es nicht viel. q

Blicke wie hingeduckte Kaninchen q

Die Schönheit braucht sich nicht groß anzustrengen, das ist wahr, sie wirft sich hin und wirkt. W1/338

Der Geschlechtstrieb, der uns die Augen aus dem Kopf zieht q

Noch Seher oder schon Spanner, das ist die Frage. W1/448

Mit den Jahren auch nicht mehr ganz in dem Zustand,/daß man sich / seine Liebhaberinnen noch persönlich aussuchen kann – W1/448

Irgendsoeine blindgeborene Mickymaus wird sich schon noch finden,/die deine Anlagen würdigt. We/85

Zwar du läufst auf dem äußersten Tropfen,/was man leicht beim Sinnieren vergißt./Aber was, wenn das Herz zum Klopfen/so unhaltbar entschlossen ist?! We/40)

Die beste Witwe ist kein Ersatz für ein lustiges Leben. We/90

Blicke, fast wie auf dem Strich,/flitzende Magnetchen,/alte Männer merken sich/junge Mädchen/Jahr um Jahr ein Stück verstärkt,/leider bleiben selber unbemerkt. We/32

I am your knight,/d. h. schon kurz vor auf den Knien./ Den Zahn der Zeit,/den werden wir ihr ziehn. We/71

Ars longa – vita brevis, / fragt sich nur auf versausender Welt,/ ob sie länger als eine Levis / oder kurz wie ein Tangaslip hält. We/42

Wo Schluß ist, ist nicht mal ein Kuß zu kaufen, / von Herzen ganz zu schweigen, die du rührst. / Du merkst zu spät, das Leben ist gelaufen, / auch, wenn du's noch so führst. We/41

Was am Abend nicht zündet, / das glüht am Morgen nicht nach. W1/461

Sich verlieren aus vielerlei Gründen – / Sich verschlucken am letzten Salü – / Und erwachen – und wiederfinden / die Liebste morgens früh – W1/462

Verdammter Morgen, bleiche Abschiedsstunde, / wenn uns der Schweiß gefriert. / Dein Finger paßt so schön in meine Wunde, / faß rein, daß sie sich spürt. W1/344

Ich knüpfte gegen die Begier / aus wohlgefügten Versen mir / ein Kettenwams – / Bis plötzlich eine schmale Hand / die Ritze in der Brünne fand, / oh, Gott verdamm's! We/ 35

Ein sündiges und geschwindes Leben geführt, / nichts dran zu ändern. / Wenn mir jemand verfiel, / hab ich praktisch nie widerstehen können, / so einfach war das. We/29

Ja, die Welt ist gut zu mir gewesen und ich habe mich / ihrer Ehrenjungfrauen aufs lästerlichste erfreut. We/24

Doch der dies Lied gesungen hat, / trägt an der lieben frouwen statt / noch immer in der Unterwat / ein zartes Tuch – / Zuviel für solch ein Stücklein Stoff / was mir aus Nas und Augen troff, / das einzige, worauf ich hoff: / e s f ü l l t e i n B u c h ! We/37

Die Liebe stört nur bei der Arbeit. q

3. Arbeit ist des Artisten Schmuck

Arbeiten möchte ich es gar nicht nennen. Ich verfasse mich selbst und dichte die Fugen ab. q

Sein Ich in die Fläche treiben, millimeterweise,/bis die inneren Stimmen / mit einem öffentlichen Unterhaltungsauftrag zusammenfallen. We/93

Wer vor Publikum aufspielt, muß ganz dasein, da wie der junge Mozart, wie der mittlere Liszt, der alte Bach, und wer wieder mal seine Bestform verfehlt hat, soll in sich und nicht in die Kneipe gehen. Ta/199

Was dann nachher so schön fliegt … /wie lange ist darauf rumgebrütet worden. W1/346

Eine erstklassige Klassik schafft man nicht im Sitzen. W1/245

Voller Einsatz aber immer obendrüberhin: Das ist Kunst. q

Meine Verwaltung und meine Geistesblitze stehen in keinem vernünftigen Verhältnis mehr. Ta/159

A b e r i c h k a n n d o c h n i c h t /jeden Schulbus, der gerade wieder mal / durch die Leitplanke bricht, in meine Kartei aufnehmen,/jede Sturmbö verewigen,/Blutlache festhalten,/Energiekrise mitkritzeln; / schließlich kommt man noch auf die Idee, den Leuten / Filzschreiber an die entfliehenden Hacken zu heften,/S t o r c h s c h n ä b e l – P a n t o g r a p h e n – / daß sie sich nicht so wahnsinnig schnell im Dunkel verlieren./Die Frage doch logisch, lohnt das den Aufwand überhaupt? W1/297

Ah, das ist ja wunderbar,/wie die Welt sich rundet,/erst erräuspert, dann erar- /beitet, dann bekundet. q

Ein geldgieriger Künstler – aus dem wird nie was. Genie ist Verschwendung, siehe Hans Henny Jahnn, siehe Janssen. q

Tutmerleid, aus Faulpelzen sind noch niemals Hochleistungsartisten hervorgegangen – q

Kunst ist zeitraubend und schweißtreibend. q

Der Einfall ist die kleinste belebte Einheit des Gedichtes, fraglos seiner selbst sicher und doch zugleich der Ausdruck universaler Fassungslosigkeit. Als Lichtblick oder Begleitschatten spiegelt er die Gereiztheit des Subjektes an einem bestimmten Zeitpunkt und an einer bestimmten Stelle, wobei allein der bewegende Moment die Flugbahn der Gedanken vorgibt und ihnen ihre unverwechselbare Gelegenheitsfarbe verleiht. An ihrer flüchtigen Verlaufsform gibt es im nachhinein meist gar nicht mehr viel zu verbessern. Was sie auszeichnet vor einer Welt geschlossener Systeme (auch dem formalen Ordnungssinn von regelrechten Strophen), ist ja gerade ihre unüberlegte Sprunghaftigkeit, Leichtfertigkeit und Treffsicherheit – sie schlenkern so hin und sitzen. Woran wir uns freuen sollten, ist ihr mit Kunst allein nicht zu erwirkender Improvisationsgeist, der ihnen bleiben muß, auch wo sie sich mit unseren staats- und hüttenbildenden Kulturidealen nur schwer zusammenspannen lassen. Allenfalls gewisse statistische Regelmäßigkeiten lassen sich vielleicht zu einem Gemeinschaftsprofil hochrechnen: besondere Neigungsstereotypen oder unverwechselbare Aversionskonstanten; methodisch verbohrte Zwangsgedanken oder markant aus der Richtung weichende Hoffnungslinien; wiederholt aufgesuchte Sammelörter oder bevorzugt wahrgenommene Rückzugswinkel: charakterologisch signifikante Massierungen also, die bei späteren verwertungstechnischen Überlegungen freilich wieder entflochten, entmischt und einem ästhetisch geordneten Ganzen zuliebe umverteilt werden müssen. W3/244f.

Was ich seit meinen frühen Studententagen »Einfallsquanten« nenne, doch wieder ganz in der Nähe von Kierkegaard, Lichtenberg, Nietzsche, Schlegel, auch Pounds »Epiphanien« und Karl Bühlers »Aha-Erlebnissen«. Ta/19

Gestern den Begriff »Lyriden« in meine einfallskundlichen Betrachtungen eingeführt – Sternschnuppen aus dem Bild der Lyra, die sich der Vergesellschaftung im lyrischen Gedicht entgegensehnen. Ta/10

Am Anfang ist der Einfall, nicht das Wort. Er ist die kleinste, behauchte Einheit des Gedichtes. Sein Abteilfenster, Auslug, Astloch. Sein Bullauge vor dem im ganzen unbegreiflichen Welten-Ozean. Ta/21

Der Einfall als Kind des Moments: ein leuchtender Augenblick, und an dem gibt es im nachhinein nichts mehr zu schmirgeln. Ta/21

Die Augenblicke kommen aus der Diaspora und sehnen sich an einen gemeinsamen Sternenhimmel. Die Zerstreuung ist naturgegeben. Universalität ein Kunstprodukt. Das Organisationsprinzip ist der Beziehungswahn. Ta/21

Aufgabe der Dichtkunst: die Zufallsquanten ihrer Beliebigkeit zu entreißen und sie (dramatisch – dialektisch – gesprächsweise) in Beziehung treten zu lassen. Ta/21

Der Gedankensprung: verbindet das Einzelne mit dem Tausendsten und eröffnet dem Partikulären das Tor zur Universalität. Ta/29

Der Kot als Leistungsnachweis. Die Fäkalie als einziges meßbares Tüchtigkeitsprodukt. »Haben Sie heute schon abgeführt?« – Nein, aber Einfälle gehabt, Inspirationen, Befeuerungen, Erleuchtungen, Hochgefühle! Ta/44

Und aus Sicherheitsgründen selbst noch das Lokuspapier mit Durchschlag q

Quantengestöber. Man muß die im Husch vorüberfegenden Schnüppchen nur sofort bei Anwehung zu Papier nehmen, weil ein Funke den anderen jagt und eine Erleuchtung die andere auslöscht. Dann am nächsten Tag prüfen, ob sie noch einleuchten? Ta/380

Wie oft muß ich meinen Stift nicht im Kreis herumführen, um die von allen Seiten her anschießenden Assoziationen auf die Reihe zu bringen und die Sätze von Überhängen zu befreien. Eine Arbeit wie Geweihfegen, Bastabstreifen. Ta/202

Der Einfall ist die Vorstufe zu etwas, das durch Arbeit rehabilitiert werden muß. q

Komponieren: seine Ressentiments auf die Reihe bringen – q

Wörter auf die Reihe bringen – aber da sollten sie nicht gerade sitzen wie die Hühner auf der Stange. Ta/30

Eigentlich bestehe ich aus einer zusammenhängenden Kette von Seufzern. q

Wer so wenig vom Leben versteht wie Nietzsche und alle Maximen nur auf Vermutungen gründet q

Von Nietzsche am liebsten die Aphorismen, weil die Erleuchtungen sich gar nicht erst Rechenschaft geben wollen und dem Augenblicksliebhaber nicht unentwegt der Systembildner auf die Hacken tritt. Seine Freude an Sprachwitzen und parodistischen Verkehrungen hat gelegentlich etwas Studikerhaftes, was vielleicht auch seine Wirkung auf mehrere Generationen von jungen Menschen erklärt. Ta/71

Die experimentelle Literatur beginnt beim Selbstexperiment. q

Experimentelle Literatur: um den Mangel an Meinung wild zu verbrämen q

Jede wirkliche poetische Erfindung ist eine Selbstfindung. q

Die Dichter, die immer gern ihre Studienfassungen einbehalten (wenn nicht vernichtet) haben, um am Ende den (trügerischen) Eindruck eines großen Gusses zu vermitteln. Ta/135

Vor alten Manuskripten das neue Ungefühl, daß ich immer nur ein paar luftige Atemzüge lang locker war, für die Dauer einer unfreiwilligen Nervenzuckung entspannt. Selbst die Lockerungsübungen gelegentlich als Kraftsport betrieben. Mit völlig unangemessenen Kraftaufwendungen Leichtigkeiten zu erzeugen versucht, minutenlange Schwebezustände. Durch meine 1971er Mißmutsbrille betrachtet: nichts wirklich Frühvollendetes und – mit dem Blick jetzt aufs Kofferpacken – auch kein rechtzeitig antizipierter Altersstil. Ad/82

Beim Verfassen von Reden, Artikeln viel zu oft das Gefühl, daß gezählt würde, nachgemessen, ausgecountet. Aufsätze, die zuerst ganz munter von der Hand gehen und unter der Last dieses imaginären Huckauf dann einen Zug ins Aufgesetzte kriegen. Hab sie immerhin niemals »Essays« genannt, das schien mir denn doch um diesen gewissen Tick zu schick. Ad/80f.

Humoristischer Autor, was ist das? Eine unfreiwillig komische Figur, die sich allen Ernstes als Thema betrachtet. Ad/89f.

Wie aber der Begriff Parodie im Musikleben keinerlei pejorativen Beigeschmack besitzt und, im Gegensatz zu unserer Gattung, die Transposition von weltlichen Tonsätzen zu geistlichen Erbauungsweisen bedeutet, kann sich auch die Poesie gelegentlich aus durchgelegenen Versbetten wieder erheben und einer scheinbar durchgelegenen Sprungfedermatratze neue Spannung abgewinnen. Wo/28f.

Über Goethegedichten wieder mal die unbehagliche Frage, wie weit auch das Beste bei uns hinter den elementaren Anflutungen der Musik zurückstehen muß. Die Ausgedachtheit alles in Worte Verfaßten und – im Vergleich mit der Schwesterkunst – welch ein brillenbewehrtes und von Begriffen gestütztes Medium. Ta/15

Aber ich tupfe ja immer nur an / und gebe nichts zu erkennen. q

Wie eine Schnecke, viel unterwegs, blattauf – blattab, im Jahr bestimmt einen ganzen Kilometer q

Viel Puste, aber immer nur fürn paar Wörter q

Alles, was in den Künsten über die Ökonomie hinausgeht, hat mit Stukkatur zu tun. q

Lektoren: die immer denken, sie müßten bremsen und streichen. q

Über den »Kalauer« als künstlich tief gezogenen Bühnenboden zur Erreichung extravaganter Steighöhen [müßte] überhaupt nochmal neu verhandelt werden. Ta/57

Was ich lese, befriedigt mich nicht./Was ich schreibe, läßt zu wünschen übrig./Was ich völlig verantwortungslos vor mich hinplappre,/gefällt mir noch am besten. q

Alles mögliche ist anregend, nur nicht der bis auf den Grund ausgeschlafene Kopf und das leere Blatt Papier. q

Ausdrücken oder übertreiben, das ist hier die Frage. q

Sich auszudrücken ist eines. Sich mitzuteilen ein andres. Entweder du hast einen Sprung in der Schüssel, der einem allgemeinen Leiden entspricht, dann nichts wie hinaus damit in die Welt! Oder du hältst dich zuhaus und setzt in der Stille deine Koprolithen ab. q

Wer keine Fremdsprachen kann, liebt die Fremdwörter. q

Fremdwörter schänden ja nicht unbedingt, und wer bei jedem Latinismus / Graecismus gleich deutschnational zusammenzuckt, zeigt wenig mehr als Anzeichen von Xenophobie. Wo/7

Ich, bei Beherrschung aller Mittel,/kehre am Schluß nochmal zurück zum Knittel – q

Bei den magischen Wörtern/gibt's nichts zu erörtern. q

Jeder Reim ein Fick des Geistes q

Reime wie Ohrgehänge q

Bei Gedichten muß praktisch in jeder Zeile etwas los sein.
q

Wenn die Methode verrückt genug ist, kann praktisch gar nichts mehr schiefgehen. q

Ist Sprache Werkstoff oder Werkzeug? q

Ein Loch im Eimer, / spricht er, / braucht keinen Reimer / sondern einen Dichter. q

Ein Reim auf fein / ist kein feiner Reim. / Ein Reim auf Schleim / ist ein reiner Reim. q

Lyriker: Wenn sie sich nur mit einer Geige bewehrt hinstellen müßten, um in aller Öffentlichkeit zu überzeugen. q

Ich sage: wer Lyrik schreibt, ist verrückt, / wer sie für wahr nimmt, wird es. W1/287

Gedicht: ein Wort von Vers zu Vers weiter im Mund herumdrehen – bis sich der Sinn in der Schlußpointe in sein Gegenteil verwandelt. q

Positionen der Anschauung

Die Mücken und die Fliegen / bedichte ich im Liegen.
Die Schmerlen und Elritzen / bedichte ich im Sitzen.
Die hungern und die frieren, / bedicht ich beim Flanieren.
Den großen Menschenhaufen / bedicht ich beim Entlaufen.
Die Stinen und Marien / bedicht ich auf den Knien.
Den Sauen und den Hirschen / nahe ich mich beim Pirschen.
Die Endzeitphilosophen / bedichte ich beim Schwoofen.
Die Weltenzentrifuge / bedichte ich im Fluge.
Die goldbehaarte Pflaume / bedichte ich im Traume.
Nur dich, mein Gott im Himmel, / bedichte ich (gieß bis zum Strich!) / bei Lisas Doppelkümmel ... q

Vokalisch in den Reim verliebt,/doch der ist konsonantisch:/ wenn's anders wäre, reimte sich/Stammtisch auf hochromantisch. q

Ich denke mir Metaphern aus,/heut frisch serviert: als Augenschmaus. q

Dies Gedicht ist wie ein Ich,/vorläufig und verbesserlich/ und zunächst ganz unbestimmt,/ob's die nächste Kurve nimmt.

q

Du darfst bei der Lyrik nicht vom Gedanken,/du mußt von der Zunge ausgehen./Wie sich das ausspricht oder/von innen her anfühlt. q

Wir turnen in höchsten Höhen herum,/selbstredend und selbstreimend,/von einem I n d i v i d u u m/aus nichts als Worten träumend. W1/287

Lyrik macht gemütskrank und hinterläßt arbeitsunfähige Monaden. q

Wenn das Leben nicht mehr mit gutem Beispiel vorangeht,/ kann die Kunst sich auch nur noch am Geländer weiterhangeln. W1/392

Realismus ist ein Stück Natur,/gesehen durch eine Geisteskrankheit. W1/392

Mit den Jahren immer mehr das Fragment, das ein Bruchstück ja gar nicht ist, sondern ein vom Himmel gefallenes Ganzes.

q

Im Alter geht dir die Farbe aus,/aber der Strich wird sicherer./ Bißchen weniger Druck,/dafür einfach locker was hinlaviert.

W1/374

So im Alter geht man Sprüche klopfen, die man sonst verwarf.

q

Ich selbst habe mir abgewöhnt, auf den drohenden Artentod der Dichtung mit Artistik zu antworten. q

Manchmal weiß ich wirklich nicht mehr, wovon ich eigentlich spreche, von der Liebe oder der Politik, von der Menschheit oder von mir, meinen höheren Anflügen oder meinen niederen Beweggründen, von der Trauer über die Heillosigkeit der Welt oder aus dem triefenden Selbstmitleid. Alles stellt sich im Gedicht zum Vergleich und verwandelt sich bei Berührung, so daß Arbeit gelegentlich auch als Artistik gelesen werden kann und Artistik als Ausdruck von Schwerelosigkeit, Mühelosigkeit, Freiheit – mithin als das Gegenteil von Mühe, Fleiß und Arbeit. Ta/28

Man soll Artistik nur nicht mit Arthritis verwechseln W1/460

4. Der Leidensmann als Frohnatur

Was im Gedicht die scharfen Stellen macht,/ a l l e s / von einem wunden Punkte aus gedacht. We/75

Meine Nerven sind mein Handwerkszeug. Vo/22

Beim Blick in den Spiegel (man blickt nicht zweimal in den gleichen Spiegel): meine Haut, meine liebe schöne Haut, allmählich auch nicht mehr so straff anliegend wie noch im letzten Jahr und an den Ellbogen bereits unschöne Falten schlagend. Die bleichen Kniescheiben, rutschig, verrunzelt. Die spindeligen Waden. Das asthenische Brustkörbchen, mit dem Wort schlank beinah auch schon verklärend bezeichnet. Wenn ich den Kopf ins Profil zu drehen versuche, krieg ich ihn schon gar nicht mehr schmerzlos herum. HWS-Leiden. Ta/104

Was die Menschheit an dir interessiert, ist doch nur,/wie du wieder rauskommst aus deiner Grube. W1/432

All dein Glück wie nie gewesen,/aller Scherz wie nicht von hier,/und da möchtest du es schon mal lesen,/daß es jemandem so ging wie dir. W1/383

Man darf nicht nur gelesen, man muß auch gelitten haben. Oder umgekehrt. q

So lange man nicht daran stirbt, sind es ja alles Geschichten, die man gern weitererzählt. q

(Feier-)Abendstunde:/Der Dichter tunkt die Feder in die Wunde. q

Mein hilfloses Gestrampel auf einer mir ungeneigten Erde. Gestrampel um Stil statt Leben. It/81

Die Aufgabe des Gedichtes: die wundgelegenen Stellen, Kränkungen, Zurücksetzungen wahrheitsgemäß zur Kenntnis zu bringen und ästhetisch zu rehabilitieren. Der Leidensmann als Frohnatur. Ta/23

Über Gräber, vorwärts!

Immer gut, etwas Neues anzupacken.
Dann packt dich das Neue von selbst beim Nacken.
Grad heute mich wieder mal aufgerafft
und gleich ein Totentänzchen geschafft! q

Eleganz / zählt auch noch beim Totentanz. q

Vielleicht, wenn man Glück hat, legen sich mit den Jahren die Leiden und lagern sich dann als beliebig knetbarer Unterhaltungsstoff ab. Ta/10

Der möglicherweise entstandene Eindruck, daß die schöne Literatur unsere Niederlagen allemal mit Gewinn verschmerzt, bedarf der sofortigen Gegendarstellung. De/13

Den Fröhlichen habe ich nichts zu sagen / und die Depressiven lesen meine Bücher nicht. Ta/184

Mit vierzig muß ein Mensch weitgehend mumifiziert sein oder der Frühling erscheint ihm wie eine Zumutung, eine Drohung. Ad/86

Ja, und am Ende sehnst du dich dann nach den Tagen, / die du jetzt so lieblos verabschiedest. We/86

Wenn du noch zu kämpfen hast, / hast du auch zu beißen. W1/421

Levitationsprogramm: manchmal genügt ein Witz, ein Aperçu, ein Aufgesetzter, um den Triumph der Künste über die Umstände zu bezeugen. Ta/23

Krankheit macht erfinderisch, und nichts stachelt den menschlichen Geist nachhaltiger an als das Verlangen nach einem kleinen bißchen Linderung/Erleichterung. Ta/43

Kunst kommt von Kaschieren/Camouflieren – zeige deine Pflaster und wie behelfsmäßig dein Leben als ganzes zusammenhängt. Ta/103

Man soll ungeniert zu sich selbst sprechen und nicht als trüge man sein Ich wie eine Monstranz vor sich her. Manche Dichter behandeln ihre Depressionen wie rohe Eier. Ta/135

Auch in der KUNST [zählen] letzten Endes nur die Zweideutigkeiten: Metapher, Sinnbild, Vergleich, Parodie, Ironie. Trial and error: seine Witze zunächst in der Wirklichkeit aus-probieren und erst nach der öffentlichen Resonanzprobe in literarische Zusammenhänge überführen. Ta/145

Wenn es auf dem Papier vorangeht, kommt das Leben nur vorbehaltlich an mich heran; wenn es stockt, schießen sofort die Krankheiten über das Schleusenwehr. Ta/195

Lichtenberg als Überwinder: Aufhebung der Gebrechlichkeit durch den Witz, aber es ist nicht nur dies. Erst daß er die Schranken seiner Behinderung praktisch zu durchbrechen wagt und sein privates Glück gegen alle bürgerlichen Sittenregeln und Göttinger Anstandsnormen behauptet, macht ihn zu einem mutmachenden Beispiel, heißt zum positiven Helden. Ta/310

Der Versuch einer schiefgetretenen Streichholzschachtel, sich durch Gedanken wieder Form zu verleihen. Ta/324

Lichtenberg: der Belastete, der das Leiden verweigert, nicht wie Kafka: der Geschädigte, der den Schaden heilig spricht (und es ringen nur noch miteinander Säuernis und Finsternis) q

Während du noch den Rezeptzettel liest und bereits Heilung eintritt q

Meine Bücher: eigentlich alles Verzweiflungstaten q

Der Mensch braucht offenbar etwas, um sich vom Gefühl seiner Nichtigkeit abzulenken, da kommt ihm der Schmerz schon manchmal ganz gelegen. q

Und die Pisse läuft schon schlapp aus dir raus./Aber einmal wirst du glauben,/das war genau die Zeit, wo du/noch richtig in Form warst. q

Hinter deiner Staffelei vor der Welt verborgen q

Der Schlag ins Leere hat mich viel Kraft gekostet. q

Zerknirschung, Depression: Gefühle, mit denen man literarisch nichts anfangen kann. q

Nei-nein, das ist mein Beruf, mein Innenfutter nach außen gewendet zu tragen. q

Das sind doch alles preisgekrönte Widersprüche schon. q

Diese verdammten medizinischen Spezialisten, die sich ihre Teile aus dem Menschen herausschneiden, aber immer den Körper als Ganzes beanspruchen, bis der T o d, der große Ganzheitsmediziner – q

Nur immer fort, nur zu, nur Schippe über Schippe,/hier groß empfunden ist bloß feucht geniest –/Die Wörter pladdern auf die Abfallkippe,/bis sich die Grube füllt, die Strophe schließt.

W1/258

Für manche Menschen bedeutet die Philosophie schon eine Versachlichung ihrer Leiden – für andere die Kunst der Aufhebung. q

Ich hör dich hier und anderwärts / nur über Leiden klagen. / Und eh du tot bist, hat dein Herz / schon aufgehört zu schlagen. q

Sich von Berufs wegen all seinen Niederlagen stellen müssen q

Der Herbst, die optische Täuschung, etwa so als ob es mit Ginster und Goldregen noch mal losginge … q

Wie eine leergeschluchzte Nachtigall q

Ein depressiver Briefbeschwerer q

Die Beweise für den Geist werden gegen den Körper geführt. Ta/126

Der body, der alte Punchingball der Seele q

Psychoanalyse: und du suchst nach einem Arzt, der diesen wunderbaren Organismus zu würdigen weiß und dir, vor lauter Begeisterung über deinen Fall, das Honorar erläßt. q

Mein altes Klagen, redundant wie ein Besoffener. Ad/87

Im Grunde bist du kerngesund, / und nichts ist, was das Leben / dir trübt; nur ist grad das der Grund, / die Künste aufzugeben. q

Als Haltung zu beherzigen: niemals mit offenen Wunden auf die Bühne rennen und »Ecce-homo« schreien. Immer schön hölzern und höflich mit dem Kasperkopp nicken, wenn man für eigenhändig Aufgeschriebenes überhaupt noch paar Mark erhält. Ad/82

5. Kritik, die Himmelsgabe der Verkennung

Ein Autor lebt von seinen Selbstzweifeln – ein Kritiker von seiner Selbstgerechtigkeit. q

Zu Ranicki, mit der ganzen Wand voller Dichter- und Kritikerporträts. MRR, der sein Allerweltswissen immer noch für exklusiv hält und sich wundert, wenn man die Namen der Abgebildeten ohne großes Überlegen herrappeln kann. Ta/33

Ein Exorzist, der nicht merkt, wie sehr man ihm den Besessenen ansieht. Ta/74

MRR: eine Zuchtrute der Musen q

Zu Michael Naura
Wenn der Literaturpapst sich von mir abwendet, bleibt mir der Jazzpapst gewogen. q

Die Literaturkritik ist nicht fähig, Individuen auszumachen, nur Fratzen. q

Wer der Kritik mißtraut und nicht szenekonform konsumiert, spart viel Geld und vermeidet zeitraubende Irrwege. Ta/411

Der Tiefsinn braucht sich gar nicht groß anzustrengen – er zieht seine Leichenbittermiene und alles trieft unkritisch mit. Nichts ist dagegen so leicht zu verkennen wie der Leichtsinn. Ta/103

Wer bei der ganzen Impotenz nicht wenigstens ruhmsüchtig ist, was treibt den? q

Kritik: Waschanlage für Falschgeld q

Kritik: der Irrtum der Saison q

Für die Kritik reicht es völlig, für die Nachwelt nicht. q

Immer dieser Quatsch, daß eine Geschichte stattfinden müsse – / Bei gutem Stil erübrigen sich solche Fragen. q

Sind wir denn auf der Welt, um vor Leuten, die sowieso niemand ernst nimmt, bleibende Eindrücke zu hinterlassen?! Ta/58

Kritik von griechisch krinein = scheiden, unterscheiden. Und nichts anderes scheint der Kritiker zu wollen: zuerst einmal sich selbst von Autor und Publikum. Ta/141

Zeitungsredakteure und ihre Einschätzung des Publikums: hat meist nicht mit Kenntnis, sondern mit Projektionen zu tun (Betriebsblindheit heißt ihr Stab und Stecken) q

Und was sich nicht preisen läßt, / das laß, verdammtnochmal, liegen. We/109

Die Feuilletons denken immer, wir dichteten für sie: ein beneidenswerter Irrtum q

Es gibt eine Lyrik, die bildet die Quersumme aus allen möglichen Rezensionen. q

Die die meisten Leichen im Keller haben, schreiben die ergreifendsten Nekrologe. Ta/137

Tote reißen sich doch sowieso die Feuilletonchefs unter den Nagel (haben schlechtes Gewissen abzuarbeiten) q

Die Philosophie ist keine positive Wissenschaft, sondern nur das Geschnatter, das um die Dinge anhebt – Jonglieren mit leeren Pappkartons. q

Wiedergutmachungsgermanistik: in jedem siebenarmigen Armleuchter ein großes Licht erkennen zu müssen q

Natürlich kann ich sie nicht davon abhalten, einem Unfug nachzugehen, den sie für Wissenschaft halten: eine unbekannte Erscheinung mit von außen über sie verhängten Netzen, Rastern, Folien zu bedecken: früher Marx, Adorno, Benjamin, heute Nietzsche, Lacan, Derrida, Bourdieu, mit dem Erfolg, daß die zu belehrenden Studenten sich schon auf dem Vorweg in diesen Maschendrähten verfangen und ihre Erkenntnismühen sich im Kampf mit den vorgeschobenen Tarnbezügen aufbrauchen. Ta/20

Die Uni als behütende Anstalt q

Wenn die Leute so gut Gedichte interpretieren würden, wie die Bild-Zeitung Sportkommentare macht ... q

Wie zunächst jedes Gedicht als ein Liebendes, Werbendes unter die Menschen tritt, um dann augenblicklich unter die Pharisäer und Schriftgelehrten zu fallen, kann auch die Poetologie des alsbaldigen Einspruchs sicher sein: sie nimmt der Kritik die Arbeit weg und fordert als Selbstbestimmungsversuch erster Hand auch das neidische Mißtrauen der Ableitungswissenschaften heraus. Ta/20

Im Grunde sind es narzißtisch in ihr eigenes Handwerk verliebte Hermeneutiker, die für Kunst halten, was sie selbst mit viel Kunst ans Licht bringen. Ta/70

Briegleb, Broder, Wiedemann pp., die unter moralischem Rigorismus vornehmlich das Antisemitenmachen verstehen. Im Prinzip einer besonderen Spezies von RAF-Sympathisanten zu vergleichen, die glaubten aus jedem linksliberalen Freigeist den verborgenen Nazi herauskitzeln zu müssen. Was ihnen selbst am wenigsten klar sein dürfte, daß sie eigentlich auch nur Hakenkreuzschmierer sind, die ihre Zielpersonen zunächst braun anmalen müssen, um sie dann mit ihren vergifteten Pfeilen zu beschießen. Uraltes Inquisitorengewerbe. q

Der übernächtigte Genius und seine gutausgeschlafenen Kritiker. q

Der Kritiker hat ein gestörtes Verhältnis zum Publikum – er steht außerhalb. q

Ich habe mich direkt ans Volk wenden müssen, weil die Schriftgelehrten und Pharisäer mich nicht verstehen wollten – aber das Volk war gar nicht meine Klientel. q

Wem sprichst du heute noch aus dem Herzen, wo die Leute sich nur in ihrer Dumpfheit verdoppelt sehen wollen? q

So Gescheiterte, die nicht loben können, sondern immer nur gute Ratschläge erteilen, na, prost Mahlzeit, ein ganzes Volk von Kritikern, Rezensenten etc. q

Über Klassiker spricht man nicht, man läßt sie auf sich beruhen. q

Aber die Dinge haben ihre Zeit, und die Künste die ihre, und manchmal muß man schon ein bißchen warten können, bis die Dichtung sich als Wahrheit herumspricht. Ta/92

So sagt die Wiss-, die Wissenschaft, / laß sehn, / was letzten Endes beispielhaft / bleibt stehn. q

Auch Dichtung schmort im eigenen Saft, / wo man sie nicht verbreitet. / Es dankt die Kunst der Wissenschaft, / die zum Genuß verleitet. Ta/145

A b e r , L i e b e r / wenn dir was gefällt, dann äußer / das auch lauthals, lebhaft und verliebt: / *aufgebaut so hoch dort droben!* / und nicht wie ein Tannenzapfenscheißer, / der beim Loben / noch beweisen muß, daß er sich was vergibt. We/82

Ich habe einen radikal subjektiven Zugriff und versuche dabei, so objektiv wie möglich zu bleiben. q

Zum Lied der Deutschen
Also einfach mal als Werkstück betrachtet, ich meine von ihrem kunstgetischlerten Versbau und ihrer fachwerkartigen Gliederung her, ist die erste Strophe natürlich mit Abstand die beste. Sie beginnt mit einer bei nationalen oder regionalen Gemeinschaftsgesängen nicht ungewöhnlichen Doppeladresse als »Deutschland, Deutschland über alles«, was sich mittels einer reduplizierenden Winkelhakenkonstruktion (»über alles in der Welt«) noch einmal niet- und nagelfest mit der ersten Zeile verklammert. Und so fügt und verfugt es sich weiter mit allen Binde- gleich Beglaubigungsmitteln, die der poetische Setzkasten hergibt (Stab-, End-, und Binnenreim nebst ein paar auch nicht ungeschickt plazierten Assonanzen: »Von der Etsch bis an den Belt«), um sich am Ende durch die Wiederholung der Anfangszeile zu einer eindrucksvoll altdeutschen Vierkantkommode zu vervollständigen. Egal, was man gerade der Eingangsstrophe von Hoffmanns bekanntestem Lied an unheilvoller Nachwirkung ankreiden kann, als sauber verschränktes Versgebilde ist es eigentlich ganz ansehnlich, zumal es uns seine Anmahnung genossenschaftlichen Zusammenhaltens beinahe körperlich, d. h. im poetischen Sinnbild vorexerziert. Li/5

Und jetzt gehen wir doch noch über in einen Bereich,/ wo die Kultur ihr Recht verloren hat/und keine Kritik mehr zuständig ist. We/78

Bei den Weihnachtsempfehlungen der ZEIT wieder mal kein einziges meiner drei neuen Bücher erwähnt, dafür mehrmalige Nennungen von Handke und Strauß, was ja ein Rücklicht nicht bloß auf die Favoriten, sondern auch auf die Favoritenmacher wirft. Ta/157

6. Bis ich erwachte ... mitten auf dem Markt

Als ich anfing, dachte ich noch, es würden
die Eier mit Liebe gelegt,
die Bongs mit Begeisterung eingedrückt.
Hinter der Toonbank, geneigt,
stand der Kaufmann mit goldenem Höhrrohr,
unsern Wünschen still zu willfahren, der Schäfer
zog seinen Strickstrumpf ums Dorf auf seiner ewigen Tour –
So hatte alles seine gewachsene Würde,
selbst der Pasterhochdroben,
ein winziges Beffchen vorm Weltall,
wenn er, pünktlich wie ein Prophet, sein Amen-Amen blies –
Bis ich erwachte
(Mensch, wo sind wir denn hier und welche Zeit ist gerade?)
mitten auf dem Markt. W1/316

Futurismo – Temps modernes – No future –/heute dies und morgen Dunst –/Gerade bis zum nächsten Dauerknutscher,/ na, wie ging nochmal der Sinn der Kunst? W1/427

Meine lebenslange Idiosynkrasie gegenüber einer weltbürgerlichen Ubiquitätsmoderne, bei der die bequeme Hin-und-her-Übersetzbarkeit zum modus scribendi gehört. Becketts Mülltonnen, die sich ohne wesentliche Transport- bzw. Reibungsverluste auf jede japanische oder dänische Bühne rücken lassen, wohingegen Ringel ... ja, wie soll man sagen? Verse, so seifenblasenfein, daß man sie kaum in den Mund zu nehmen wagt, weil man sofort Angst bekommt, daß sie bei Anhauch zergehen ... Ta/185f.

Dies ständige Drängen auf Novitäten – die Leute sollen erstmal die alten Gedichte auswendig lernen, dann können wir weitersehen ... q

Die Avantgarden erstürmen den Laufsteg – und wenn sie vorn angelangt sind, sind sie hinten schon wieder démodé. Ta/194

Die schöne Poetisierung des Daseins und die Versorgung breitester Verbraucherschichten mit Überhöhungsartikeln ist in Hände übergewechselt, die, wenn ich es einmal so metaphorisch sagen darf, den einen Finger am Puls des Volkes haben, den anderen am Drücker der Repro-Betriebe. So denn sieht sich der Dichtersmann unserer Tage auf Turnierbedingungen verpflichtet, die ihn an der Seite von Abi Ofarim und Drafi Deutscher [...] Schulter an Schulter mit den großen Unterhaltungskanonen der Saison zeigen – aber was heißt hier schon Schulter an Schulter, die gleichen Start-, die gleichen Markt-, die gleichen Publikationschancen stehen wohl doch nur auf dem Papier, und *realiter* darf sich jeder noch praktizierende Poet als lebender Leichnam einer aussterbenden Gattung fühlen. W2/279

Der normale Ewigkeitsautor muß schon ziemlich zappeln, daß 'n Buch mal fürn paar Tage sichtbar bleibt. q

So macht die Mode selbst vor Hunden / ihren Diener,/eben noch Staffordshire / und heute Dalmatiner. q

Die heute schon Legende sind und morgen Legion q

In unserem Krötentunnel kannst du dir einen absingen wie Whitman – keiner schaut auf. q

Über Ranickis nun schon jahre-, wenn nicht jahrzehntelange Rolle im Betrieb. Er ist der Renegatenmacher, der versucht, schwankend gewordene Sozialisten / Kommunisten im Sinne seiner eigenen Biographie zu knicken und sie über *FAZ*-Beiträgerschaft und Preiszuwendungen auf den rechtsliberalen Tugendpfad zu lenken. So früher bereits Erika Runge, Martin Walser, Erich Fried, Franz Xaver Kroetz, Peter Maiwald, Ulla Hahn – und natürlich auch mich. Man darf sich nur nicht auf die Dauer als unerziehbar erweisen. Ta/34

Auffällig seine Nervosität, wenn ein Gesprächsfaden sich eigentlich abgespult hat und er für Sekunden die eigene Stimme nicht mehr hört. Als im Taxi kurzfristig Ruhe eingekehrt war und er offenbar meinte, die Welt habe aufgehört zu existieren: »Hhhhmmmmmm – jääääää – ja – ja – ja – ja mein Lieber – sagen Sie –» (dazu automotorisierendes Schenkelgeklopfe und Fingergetrommel auf dem heftig resonierenden Handschuhfach) – aber es stand offenbar gar kein dringlicher Gedanke dahinter, nur eine unspezifische Wortergreifungsautomatik. Ta/35

Ich komme mir immer vor, als ob ich um seine Seele ringen müsse – und er mir, als ob er um die meine ränge. Nur daß die seine unerreichlich ist – und die meine nicht käuflich. q

Irrtum: zu glauben, einen, der nicht käuflich ist, pausenlos anpumpen zu können. q

Die Kritik ist im Zweifelsfall nicht dazu da, um zu informieren, sondern das letzte Wort zu behalten. Lu/57

Ein Ruf des Zeitgeschmacks und alles kommt angereist. Warum erhebt sich nicht einer, bzw. bleibt sitzen und gähnt das entsprechende Loch in die Luft? q

Wenn du die Presse brauchst, macht sie große gewundene Bögen um dich; wenn es sich herumspricht, daß du keine Fortune hast, fallen sie auf einmal alle wieder über dich her wie ein Schmeißfliegenschwarm. Ta/105

Kultur: Gezwitscher der Feuilletons untereinander q

SPIEGEL: man gerade eben Wochenkost, der sterbliche Mensch aber will es für die Ewigkeit wissen q

Bedenklich, daß man in trüben Stunden selbst noch bei der Feindpresse nach einem kleinen Lichtblick Ausschau hält. Ta/166

BILD: Die wissen doch einfach, daß sie diese große Blutrührmaschine haben. q

Dominotheorie: wenn HME auf eine Seite fällt, fallen gleich 20 politische Wechselreiter mit. Früher Russel-Tribunal, später Golfkrieg. q

Zeitungen: immer schneller hingemetzelte Wälder – für sogenannte Informationen, die nicht nähren, nicht kleiden und nicht einmal den Geist entzücken. q

Nicht, daß ich unbedingt noch Hekatomben von wehrlosen Wäldern mit in den Strudel ziehen wollte q

Vorteil gegenüber dem Neuerscheinungswesen: daß du nicht unentwegt hinter dieser Hohlwelt hersein mußt und damit deine beste Lebenszeit vertust. q

Kritiker: immer hinter der Saison herlesen müssen, um Himmels willen, das ist ja die Hölle. Um der Pein zu entrinnen, lassen sie es oft die unschuldigsten und insofern angreifbarsten Bücher entgelten. Lu/15

Die Saisonware geht natürlich immer glatt über den Tresen. Das Bleibende muß sich dagegen erstmal rumsprechen. q

Buchmesse
Hatte bei groß und mit viel Trara anberaumtem TV-Dings zunächst gedacht, daß es especially um mich und meine mir selbst zum Geburtstag spendierten Bücher gehen würde, aber dann handelte es sich weder um dies noch um das, sondern um das geist- und besinnungslose Arrangement von Stellwänden, Inserts, Titeln, Prospekten, Bücherstapeln. Die zusammen mit mir in Batterie anstehenden Dichter/innen (Hochhuth, Hilsenrath, Herrad Schenk und Hanns-Josef Ortheil) auch nur als sozusagen Blindbände hin- und hergestöpselt, ein zeit-, kraft- und nervenverschlingender Spuk, mit dem einzigen erkennbaren Sinn, das Medium für paar Minuten am Glimmen und die Apparatschiki am Leben zu halten. Ta/99

Messe total von Pseudoliteratur verstellt, und man sehnt sich die ganze Zeit lang nach etwas richtig mal Verworfenem, Kranken und Genialen. Stattdessen: Scholl-Latour, Konzelmann, Groult, le Carré, Forsyth pp.: alles gleich auf international geschrieben wie mit 'nem Sack Ecu unterm Hintern. Ta/107

»Also zunächst einmal«: eine Abwimmelungsfloskel, die den Frager auf Distanz zu bringen und das Problem zu portionieren sucht. Vergleichbar dem Redeverhalten von Jugendlichen, die bei Antworten gern ein in die Länge gezogenes »Duuuu« vorausschicken: schwieriger Gegenstand, gehört besser auf die lange Bank geschoben. Ta/255

So alte Dichter, Gotterbarm,/auch alternde Composer,/die einen werden täglich harm-,/die andern umstandsloser.
We/19

Autorenwitwe: Wenn die Hyänen die Grabwache übernehmen
q

Natürlich kann man seine politischen Hoffnungen lange unbeschadet ins weite Himmelsblau treiben, ohne daß sich an der gesellschaftlichen Basis auch nur das Parkett verzieht. In einer Art unfreiwilliger Dialektik wirkt aber die Anziehungskraft des Fundaments auf solche Himmelsstürmer meist so zurück, daß sie sich eines Tages ganz tief unten wiederfinden: mitten im Betrieb, im Feuilleton einer Springerzeitung, als Schlußredaktor bei der »Neuen Revue« oder als Unilever-Werbetexter. Im Reich der Poesie, wo alles nur scheinbar ist, alles vergleichsweise, metaphorisch, symbolisch, lassen sich politische Fiktionen dabei ungleich leichter aufrechterhalten. Man hat ein schönes Gedicht in der Hand, das steht sogar schwarz auf weiß, und das hält man dann schließlich für ein richtiges Stück Wirklichkeit, für ein Stück Stoff gewordene Idee. Betreibt man solchen Fetischismus lange genug, dann genügt einem am Ende sogar das Gedicht-an-sich. W2/76

Sich der Welt verweigern, die sowieso nichts von einem wissen will: kein gerade überzeugendes Kunststück. q

Ich hab doch kein Suhrkampgesicht, Gottbewahre. q

Zu Heinrich Maria Ledig-Rowohlt

Er hatte sehr viele Ohren, die drehte er in alle Himmelsrichtungen, da saßen aber viele Windmacher, und die bliesen ihm den Verlag zuerst zu einer wunderbaren imperialen Seifenblase auf und dann fast auseinander. Er hatte auch viele Gesichter. Zum Beispiel dies: Er liebte wirklich und nicht nur von Geschäfts wegen die Dichter, vor allem die, die er nicht kriegen konnte, und diese sentimentalische Passion trieb ihn häufiger als man ahnt zu alkoholischen Exzessen weit über die Rentabilitätsgrenze hinaus. Wo all die anderen, Piper, Unseld, sehr genau wußten, wann Geschäftsschluß war und wo der Leberschaden begann, ließ er sich erst richtig in Unendlichkeitsgespräche verwickeln. Wo andere längst verstohlen auf den Terminkalender geblickt hatten, in dem auch der Aufbruch von überschäumenden Festen seinen Fixpunkt hatte, ging er – endlich mit der Geisterwelt allein! – geradezu befreit zu Boden, um von dort aus weiter zu räsonieren. Im Gegensatz zu seinen Vertragskünstlern allerdings, denen am nächsten Tag die Luft von gestern fehlte, den Honorarforderungen den rechten leichten Aufwind zu verleihen, der Kasse macht, betrat er, in einem erschreckenden Maße voll verhandlungsfähig, das Hochseil der Finanzakrobatik und drehte seine Pirouetten. Bei Vertragsverhandlungen, bei schwebenden Buchabschlüssen – praktisch immer wo Kapital- und Schreibkraft zusammenstießen – vermochte er so perfekt Tragödie zu spielen, daß sich der knurrende Magen eines Lohnschreibers daneben wie eine sinister kunstlose Privatangelegenheit ausnahm. In der Rolle seiner selbst, d. h. von jahrelangen Demütigungen verbittert und von aktuellen Geldnöten gepeinigt, versuchte dann manchmal ein Dichter mattstimmig auf seine desolate Lage aufmerksam zu machen – Ledig malte die seine und die seines Hauses kraftvoller, plastischer, überzeugender. Der Dichter zeigt grau in grau auf offene Wechsel und unabweisliche Ratenforderungen – Ledig krümmt sich vor Schmerzen und Entbehrung. Der eine kniff verbitterte Falten in seine Stirn, kaum daß er den Mund noch aufkriegt – Ledig balanciert seine betrübten Augen auf dem oberen Brillenrand und bekommt einen Niesanfall, daß der Autor glaubt, er selber müsse Hilfestellung leisten. W2/192f.

Ledig mit seinen dicken Showzigarren, der wie ein Märchenerzähler von der Holtzbrinckfusion berichtet. Es sei »eigentlich keine Fusion« (Polypenakrobatik, ein aus der Tiefe entwickelter Gummiarm tentakelt sich nach vorn) – » a b e r » (die andere Hand wendet die durchsichtige Eröffnung drollig dreist ins Positive): »eine Art nutzvoller Verbindung, nutzvoll vor allem für die gute Literatur.« Liebe L. dieser unwiderstehlichen artistischen Kontorsionsakte wegen, auch wenn ich sie als nichts denn schönen schiefen Schein erkenne. Ad/89

Die sagenhafte »Gruppe 47«, die Hans Werner Richter 1947 privatunternehmerisch gegründet hatte, und die 20 Jahre lang so etwas vorstellen wollte wie eine Degussa der schönen Literatur – sie war es mit Abstrichen. Ich selbst debütierte vor diesem Forum im November 1960 mit Oden und Liedern erster Wahl (schwer von sich selbst zu sprechen, ohne privat zu werden). Die durchweg freundliche Resonanz beflügelte mich dann im folgenden Jahr, noch einmal mit lyrischen Arbeiten vorstellig zu werden, traf aber auf eine Großekoalition von Nörgelingen, die keinen Neuling über die eigene Hutschnur erhöhen wollten, dafür aber Grassens Schöneberger Lutschbonbons mit den schillerndsten Gütebanderolen versahen. Hatte tagwendend klassische Alpträume. Ließ Grass und der Komplettierung halber die ganze Ignorantenfronde in die Grube fahren, stand tränennaß vor frisch gefüllten Reihengräbern und verschaffte mir so das Glücksgefühl einer Massenbeerdigung nebst dem Luxus der Trauerkundgebung. [...] Rückblickend war die Gruppe eine Mischung aus Literatur-, richtiger Literaturkritikertrust, Schutzgemeinschaft von rechtlosen Wanderarbeitern und – ein unnachahmlicher Alpdruck.

Eine Wertpapierbörse, wo die Tageskurse gemacht wurden, die oft nur Schwindelkurse waren, obwohl sie über Jahre einen Rang stabilisieren konnten – unten oder oben. W2/197f.

Um ein Gedicht von guter oder auch nur mittlerer Qualität wirklich marktfertig zu machen, das heißt, es aus dem ursprünglichen Rohzustand auf jene Hochform zu bringen, die der Kunde heute verlangt, muß bereits eine Vorinvestition von achthundert bis tausend Mark [1966] pro Stück geleistet werden. Diese Belastung seitens des Verfassers hat mit der sogenannten Inspiration zunächst überhaupt nichts zu tun. Inspirationen kommen auch ihm meist gratis zu und aus vergleichsweise heiterem Himmel. W2/277f.

Wir wissen ja sehr genau, daß Bücher gehandelt werden, und es wäre wirklich einzigartig, wenn ein Zeitalter, das in jeglichem Ding die Ware würdigt und das die Literaritäten der Saison auf Sellertellern herumreicht, nun gerade die Poesie-Kritik als autonomen geistigen Ordnungsfaktor erkennen ließe. Sie ist es gewißlich nicht. Als Instanz zwischen dem Markt und den Musen ist auch sie mit einbezogen in den Bannkreis viel schlichterer Wertschätzungen und Vorbehalte als nur ästhetischer, und wenn man gleich nicht leugnen kann, daß da gelegentlich einem Autor durch einen Rezensenten zu seinem idealischen Recht verholfen wird, bleibt dennoch kaum bestreitbar, daß Poesie soviel gilt, wie mit ihr zu verdienen ist. W2/251

Der Lyriker: setzt s i c h zum Zeichen (er hat niemand anderen zum Vorschieben und Rückgreifen). Das können natürlich die wenigsten, weil ihnen a) die Zeichen fehlen und b) das charakteristisch gespaltene Selbst. Es gibt allerdings auch krummgeschissene Fragezeichen, in denen sich dann wieder Millionen erkennen können: das bescheidenste Das-bin-ich. Die nicht aufblicken wollen, sondern unter sich: auf ihre dampfende Kacke, ihre Unform, ihr bißchen Kompromiß. Die Heilslehre ist: das unter Spannungen aufrechterhaltene Ich.

q

Das LYRISCHE ICH? Ein Sandwichmann, der grade man eben von seinen Buchdeckeln zusammengehalten wird.

Ta/291

Das ICH ist schließlich auch nur ein Markenartikel unter vielen: / e n t w e d e r d u / löst hier nochmal einen bleibenden Eindruck aus o d e r / w e n n d u n i c h t s m e h r u m w i r f s t / (rein charismamäßig) / bewahr wenigstens Ruhe. W1/317

In der Irrenanstalt ist wenigstens der Konkurrenzdruck raus.

q

Irgendwo erlahmt man in dem Buch. Und dann muß es schließlich gar nicht mehr sein, und es klappt sich von selber zu. q

Dieses Buch lohnt ja das Binden nicht. q

Autor i. R. – im Ramsch q

Wer das sieht, diese gewisse charakteristische Wendung, / die man sich geben muß, / um ein Leben lang in Bildmitte zu erscheinen / (Nur vor der Grube immer hübsch bescheiden: / Bitte nach Ihnen, meine Herren …) / d e r / setzt seinen Kopf lieber gar nicht mehr in Betrieb. W1/410

Aus vollem Mund mitreden wollen und warten, daß 'n Sinn dabei rauskommt, wie?! q

Zu Peter Handke
Solange ich die Literatur-»Welt« (Lothar Schmidt Mühlisch und Martin W. Lüdke) vor diesem österreichischen Teppichbeißer auf den Knien liegen sehe, weiß ich, warum Deutschland dem Teppichbeißer von Braunau zugejubelt hat. Die geforderte und befolgte Unterwerfung. »Publikumsbeschimpfung« q

Aber hütet euch, ich bringe euch zu Papier. Und da kommt ihr nie wieder runter. q

Der die Schnauze voll hat, ihm geht der Mund gelegentlich über. W1/169

Ich hab mir manche Sachen herausgenommen, die man sich sonst nur posthum traut. q

Runter vom Olymp des Scheins – / da ist nichts zu retten – / Los, von vorn das Einmaleins, / ran an die Buletten. q

Wenn jemand wissen will, wie diese Zeit war, / fragt m i c h , / ich war weder drinnen noch draußen, / ich stand immer mitten im Durchzug. q

7. Schnaps, du mein Brennglas, in dem ich mich sammle, verliere

Gedopte Sportler – betrunkene Dichter – gespritzte Kälber – alles völlig normal – bloß keine künstlichen Aufregungen …

Ta/379

Habe neunzig Prozent meines veranstalteten Lebens mit Beziehungsstörungen und Verständigungsschwierigkeiten verbracht. Kann ohne die Hilfe von Durchgangsdrogen überhaupt nicht mehr unbefangen aus mir heraustreten.

Ad/90

Paar Züge H beim Schiffen mit Blick auf das bewegte Hinterglas-Idyll, jeder Zug wie ein Spiritus-Guß ins Kaminfeuer Ta/97

Ach, der Dichter, ja, was kann er fassen? / Eigentlich nur eine Regung, eine Rührung, / was ihn selbst wie Donnerkeile trifft; / doch sein Stift / quirlt es dann mit Farben der Verführung, / die euch irgendwie in Trance fallen lassen, / zu so einer Art von Nervengift – We/11

Man muß drogistisch leben lernen, heißt, im höchtsmöglichen Einverständnis der Gedanken und der Drüsen. Ta/60

Droge als erlebbarer Sinn: sensualistisch erfahrene Spiritualität. Ein endlich mal nicht nur eingebildeter Glückszustand. q

Ich hasse den Kapitalismus, aber nur hier krieg ich alle meine Drogen. W1/459

Hanf ist ein ganz besonderer Stoff, und auch unsere illuministischen Überpaten, ich meine Arthur Rimbaud und Paul Verlaine, haben viel Unfug mit dem subtilen Erhebungsmittel getrieben. Meine eigene Meinung zu den berauschenden THC-Stoffen ist dabei nur einerseits radikal, zum anderen scheint sie mir eher melioristisch abgewogen: Man sollte den Hanfanbau augenblicklich freigeben, man trennt damit nämlich nicht bloß die Märkte, vielmehr, es gibt gar keinen Cannabismarkt mehr, und an die Stelle des kontaminierlichen Dealermilieus tritt der nachbarschaftliche Tauschhandel über den

Gartenzaun: Gras gegen Birnen, Blütenstände gegen Eingemachtes, Harz gegen Selbstgebrannten. Daß es in unserem Kulturkreis weit mehr bekennende Alkohol- als Marihuanakonsumenten gibt, hat zwar einerseits mit den oft erörterten kulturellen Konventionen, vor allem aber mit den uneingestandenen Glücksverhinderungsstrategien innerlich unfreier und in ihrem Menschenrechtsverständnis fragwürdiger Ordnungspolitiker zu tun, der sogenannten Lokusfraktion, die das Bedürfnis nach drogistischer Erhebung am liebsten auf die Bahnhofstoiletten abgeschoben sähe. W3/272

Hanf ist keine Kinderdroge und gehört nicht auf den Schulhof. Oder wem sich gar dringende Terminarbeiten auf der Schreibtischplatte stapeln oder wer sich in öffentlichen Penaldiscussions zu bewähren hat, sollte lieber die Hand von der Pfeife lassen, der geheimnisvolle Stoff ist zum Sternschnuppenfangen da und nicht für Präsenzbeweise. Wenn aber der normale bürgerliche Erfolgsneurotiker und Stresso-continuo-Typ seine Fesseln doch einmal abstreifen möchte, und er kommt aus seinen Betriebskondomen und Verbindlichkeitsmasken schon gar nicht mehr heraus, dann, und genau dann scheint mir der über geistiges Verdorren und drogistisch stimuliertes Wiederaufleben entscheidende Moment gekommen, wo man ihm neben einer guten Tüte Blütenpress vielleicht auch noch Nietzsches »Dionysos-Dithyramben« in die Hand drücken sollte (»Sitze hier, die beste Luft schnüffelnd, / Paradiesesluft wahrlich, / lichte leichte Luft, goldgestreifte, / so gute Luft nur je / vom Monde herabfiel«) – denn der Hanf ist, wie jedermann weiß und das BKA uns sogleich denunzierend bestätigen wird, eine Übersteigerdroge, ein Durchgangsmedium, ein Einschleusungshalluzinogen, und wer sich ihm öffnet und nur einen Funken Grips mitbringt, der ist auch für die Welt der Musik, der Poesie, Malerei und sämtlicher sich rhythmisch, melodisch und metaphorisch über den Alltag erhebender Künste so gut wie gewonnen. W3/274

Ich denke – solange ich mich nicht im Medium bewege – vornehmlich funktional, gymnastisch, betriebswirtschaftlich über mich und meinen kurzen Aufenthalt auf diesem Edelplaneten. Angesichts allgemein bedauerlicher Sinnlosigkeit sich wenigstens ein paar spürbare Erleichterungen verschaffen. Und dann sind diese wenigen schönen Stunden auch schon wieder vorbei. Ta/61

Meine alte Theorie des Rauchens wieder mal voll bestätigt gefunden: Die Lungen als Seelenmagen und die unansehnlichen Ausscheidungen (Asche, Kippen, Qualm) als immer heimlich mitgenossene Scheinproduktion. Auch die ungern eingestandene Lust des Rauchers an stattlich gefüllten Aschenbechern dem Vergnügen des kleinen Kindes an seinen ersten Produktionen zu vergleichen. Ta/197

Theorie des Rauchens: anale Regression, die sich unter dem allwirksamen Kulturdruck in die höheren Stockwerke verlagert hat, ohne ihr archaisches Triebwesen einzubüßen. Der Mund als Afteröffnung: Phhh! – Phhh! – Ta/230

Verglichen mit dem pausenlosen Gefresse ist das Qualmen doch noch ein vergleichsweise vergeistigtes Laster. q

Man sollte grundsätzlich mit Heißhunger an die Welt rangehen. Das ist bei der Arbeit wie beim Essen und beim Essen wie bei der Liebe, bei der man sich übrigens auch nicht fragt, ob sie eher der Triebabfuhr oder dem Vergnügen dient. Daß ich ein Prophet des Heißhungers bin, hab ich ja wohl schon öfter geäußert, was mir unter Feinschmeckern nicht nur Lob eingetragen hat. Der Heißhunger bezeichnet ein gewisses verschärftes Verhältnis zu den Objekten, das gemeinhin für unmanierlich gilt, wenn nicht gar für unzüchtig. Davon sollte man sich aber gar nicht beirren lassen. Der sogenannte »kleine Appetit«, den die Werbung pausenlos zu wecken sucht, scheint mir meinerseits eher zum Kotzen. Er zerhäckselt den Lebenslängsschnitt in lauter tayloristische Knusper-, Knabber- und Schlecker-einheiten, wohingegen der Heißhunger – na, wie soll ich sagen – doch wohl eher ein ganzheitliches Einverleibungsverhalten erkennen läßt. Allerdings, *post cenam omne animal triste*, und was hier für die Fülle gilt, das trifft andererseits auch wieder auf die Leere nach der Liebe zu.

Es/177

»Tod und Verklärung« von Richard Strauß als frivol empfunden. Am Leiden der Menschheit vorbei. So pastoses und verklebtes Zeugs. Aber: »Verklärung« nachher ganz schön psychedelic q

Auferstehung, leicht gemacht / Dank Viagra – gute Nacht

q

Heine konnte sich noch Morphium zuführen jederzeit./ Was können wir?/Wer gewährt uns die Gnadenmaschine?/ Irgendson Bürokrat an der Schalttafel muß schon Mitleid haben (sonst biste hin) q

Wenn der Hunger gestillt ist, fangen doch gleich die Nerven an zu zucken – q

Vom Alkohol verstand ich in jungen Jahren nicht sonderlich viel, außer daß ich ihn gerne trank. Als sich mir Ende der 50er Jahre dann die Pforten der immer mit Sehnsucht betrachteten und real doch nie für erreichlich gehaltenen Bücherwelt eröffneten und ich in den Rowohlt Verlag eintrat, wurde dort zu meinem Vergnügen zügig weitergetrunken, was die stabgereimte Liaison von Wort und Weingeist dann gewissermaßen berufsständisch absegnete. Mein Mentor und Einweiser Wolfgang Weyrauch trank (akzidentell, aber enthusiastisch). Der damals noch anregend und beratend für den Verlag tätige

Götter-, Gräber- und Gelehrten-Ceram trank (beachtlich bis bedrohlich). Der Herausgeber unserer Monographienreihe Kurt Kusenberg trank (erlesen, kenntnisreich, qualitätsbewußt, exzessiv, wenn auch nicht gern öffentlich). Auch der Senior des Hauses wandelte noch als leibhaftige Trinkerlegende unter den Irdischen und goß sich gelegentlich einen Imponier-Cognac hinter den Binder. Vor allem aber und in guten Stunden allen voran ließ Ledig-Rowohlt seine weltberühmten Kapazitäten leuchten, wobei nur die in ständiger zittriger Bewegung befindlichen »Mandolinenfinger« dem Kundigen etwas von den Grenzen der Unerschöpflichkeit verrieten. Wie gesagt also, es war ein hochspiritualisiertes Haus, das mich aufgenommen hatte, dabei qualitativ gut beisammen und wirtschaftlich prosperierend, und wenn es junge hoffnungsvolle Talente auszuführen galt, Konrad Bayer oder Hubert Fichte oder Nicolas Born, wurde ich ihnen als St. Pauli-Cicerone sozusagen nebenberuflich attachiert. W3/268

Schnaps, du mein Brennglas,/in dem ich mich sammle, verliere,/was les ich auf deinem Grund?/Ob ich den Schädel – zackwumm!? – mit einer Kugel plombiere,/oder geht's nochmal rund? W1/263

Sonne: Quecksilberpfütze in Grau q

Wenn mir der Schnaps bei jedem Schritt über den Brunnenrand schwappt Ad/85

Fernsehen am Morgen ist schlimmer als Jägermeister vorm Frühstück. q

Mit Fettaugen in die Glotze starren q

Mein Großvater sagte immer,/die Füße müßte es zweimal geben./Ich sagte: d i e L e b e r . W1/336

An welche schöne Dinge, herausgehobene Tage, Stunden ich mich erinnere, es war eigentlich immer Schnaps im Spiel. Mindestens zwanzig Jahre lang schon dieser Wellengang – und nun gurgelt, seufzt und schlürft es schon ziemlich nach Styx und Acheron. Ad/88

Wer sich nicht ruiniert,/aus dem wird nichts – W1/449

Die Zerstörung meiner selbst gefällt mir besser als mir guttut. q

Zeitung leergelesen,/Flasche ausgetrunken,/und was jetzt? q

8. Wer nicht an ein besseres Drüben glaubt

So besehn, fast für egal befunden, / ob du Staub vom Staube aus der Tenne wehst, / oder – etwa – buchgebunden / dermaleinst mit Goldschnittflügeln auferstehst – We/56

Obwohl wir unsere eigene Auferstehung schon ganz gern/ persönlich miterleben würden,/nicht erst von fern, von drüben aus. W1/435

Der Herr hat's gegeben, ich hab's mir genommen,/werd sicher ganz oben in'n Himmel für kommen. q

Was die Griechen in ihre Götter hineinsahen, war doch auch nur Arschsausen. q

Wenn du in den Himmel kommst, um die Ernte für gute Taten in Empfang zu nehmen, und sie fragen dich kalt, wie viele Skalpe du am Gürtel hängen hast q

Jesus hat mich nie sonderlich interessiert, von Augstein völlig zu schweigen. Im SPIEGEL nur noch die naturwissenschaftlichen Dinge, aber die sind bei Peter Moosbacher ebensogut zu beziehen. q

Der Gekreuzigte: wenn beispielsweise über jedem Hauseingang ein Gehenkter hinge – die blaue Zunge raus – und man faltete die Hände davor q

Dieser ganze atavistisch-orientalische Scheiß: Kindermordmythen, Jungfrauengeburt, Hl. 3 Könige, Wundertaten, Heilungserfolge, Abendmahl, Kreuzigung, Auferstehung pp., daß so etwas nach der europäischen Aufklärung überhaupt noch jemand ernstnehmen kann. Kleinasiatische Mischreligionen. q

Die Kirche hängt am Tropf des Teufels und wäre leer, wenn er nicht wär. q

Gegen die Angst anficken und leer daraus hervorgehen q

Hl. Geist: Tröpfcheninfektion q

Wo eins das andere verspeist, / hohnlachend um die Wette – / Leuchtet lichtgrün der Heilige Geist / am Schluß der Nahrungskette. q

Religionen: ausgedacht, um den Menschen das Verrücktwerden auszutreiben – ABER: eine tiefreligiöse Blutspur zieht sich durch die Jahrtausende q

70 Millionen neue Erdenbürger im Jahr, / 150 in der Minute; / das ist mit Hunger allein doch gar nicht gemacht, / da müssen erst noch ein paar menschenverneinende / Religionen / hinzukommen. We/91

A: Weißt du, ich möchte die Welt erkennen, wie sie wirklich ist.
B: Na, dann schieß los. q

Mein Bild von der Welt ist nicht unbesehen positiv, aber es entspricht der Wahrheit, was soll man da machen?! q

Wohnkartons, in denen blaulila Fernsehgeflacker gerade noch einen Hadesschein von Innenleben erkennen ließ. Ta/356f.

So unangenehm ist die Welt wieder nicht, daß wir sie mit jedem Blutbad ausschütten möchten. q

Was du an den Lebenden versäumst, ist nach dem Ableben nicht mehr wettzumachen. q

Ein gefühlvoll geführtes Leben / in einer zerrütteten Welt

q

Die Frage nach dem Sinn / kennt keine Ruh – / Wohl weiß ich, daß ich bin, / doch nicht, wozu. We/127

A u c h i m M a u l d e s H a i s /läßt sich noch über Zukunft reden,/aus der Dose nicht mehr. W1/432

Schön, wenn einer mit Sprüchen vor euch hintritt, nichtwahr,/ wo ihr bloß noch mit'm Kopf nicken braucht?! W1/319

In meinem Unprophetenhaupt/hört es nicht auf zu predigen:/ Wer nicht an ein besseres Drüben glaubt,/hat hüben noch viel zu erledigen. We/76

Hedonistischer Humanismus: Daß ich eigentlich ein Religionsstifter bin, hat sich leider überhaupt noch nicht richtig herumgesprochen. q

Natürlich werden den Tretminenfabrikanten im Himmel bei lebendigem Leibe die Beine rausgerissen, und natürlich muß der Papst mit dem Ajatollah in e i n e m Kessel sieden. q

Challenger-Explosion: Bilderbuchkatastrophe q

Der Tod, der große Vergolder ... Ta/459

Ich kann immer nur sagen, wer nichts mehr will, der kann sich was aussuchen – q

Das ist auch son Gedanke in Öl, den kannst du dir einrahmen lassen. W1/346

Wie schön lesbar diese Lyrik/und wie dunkel dagegen der ... Rest der Welt q

Vielleicht lebt jeder Schriftsteller in der Furcht, daß es nichts Wirkliches ist, was er treibt. q

Während andere schon mal probeweise / Rouge auflegen / und von einem Tangaslip / in den anderen steigen, / hältst du es für dein Teil, paar allerletzte / Lebensweisheiten auszukristallisieren – / Für wen? Für was? / Himmelja, auch wieder nur sone Handvoll / nicht ganz stubenreiner Puritaner, / die obskuren Gottesdiensten nachgehn, / aber doch deine Kirche nicht vollmachen. We/33

Ganze Zeit nur noch für die Nachwelt ins Geschirr, um am Ende Auferstehung zu feiern als Bücher-Engel. q

Schluß: leise, wie Bücher zu Ende gehen sollten, und nicht mitm Knall – q

Ich halte es nur deshalb aus, weil ich mir vorstelle, mich bereits auf der Rückreise zu befinden. q

Wenn du nur noch zugegen bist und schon nichts mehr zu sagen hast q

Ohne schlechte Angewohnheiten wüßte ich gar nicht mehr, wie die Zeit einteilen auf dieser Welt. q

Aber wir wollen die Erde natürlich nicht schlimmer machen, als sie ist. q

Wenn man nicht mehr positiv in die Zukunft schauen kann, soll man wenigstens die Gegenwart genießen. q

Der Mensch und seine Bestimmung: Wir sind dazu da, daß der Erdball sich reflektiert und seinem geordneten Untergang zugeführt wird. q

Ich freue mich an dem, was ich hab, / auf Erden. / Die Reste nehm ich mit ins Grab, / z. B. meine Beschwerden. q

Da wir das Leben sehr ernst nehmen und uns insofern darüber lustig machen müssen q

Wenn man noch sicher im Sattel sitzt, soll man zur Flucht ansetzen. q

Nicht mehr die Kraft zur Apokalypse haben q

Gefriergetrocknet und asbestbeschichtet, / betongefüttert, eisenüberkappt – / W e n n a u c h n o c h d u z e r - l ä u f s t ,/dann hat die Menschheit ausgedichtet./Dies wissend, wirst du still, wenn süß die Gülle schwappt. W1/261

Ich will nicht mehr auftreten hier. Wer uns versäumt hat, muß anstehen auf der nächsten Erde. q

Alter:/Von manchen Farben muß man sich trennen können./ Auch das Verglimmen ist schön,/nicht bloß das Entbrennen. q

Wer das Leben würdigen will, darf die Rechnung nicht ohne den Tod aufmachen. q

Praktisch: ein neues Loch ins Nichts zu bohren, durch das du unbefangen blicken kannst. q

Nietzsche-Lektüre macht lebensuntüchtig – und: letzten Endes kommt man nicht lebend davon. q

Benn: ein Nihilismus, der immer einladender wirkt q

Wenn du eine Ahnung hättest, wie mir wirklich zumute ist, würdest du dir an meiner Stelle das Leben nehmen. q

Man kommt in die Jahre, wo die Schlaganfälle nur so losknattern. q

Von allen Seiten her stirbt es auf einen zu q

Du sprichst wie alle alten Männer aller zu Ende gehenden Zeiten. q

Das wußten schon manche Weisen / auf Erden, / daß die Koffer beim Rückreisen / schwerer werden. q

Aber so, als ob diese Bürden / dich erst richtig leicht machen würden q

Und du sprühst da herum – aber es ist Abrieb q

Du mußt dich nach der Erde krümmen. q

Eine Hochleistungsleidensmaschine q

Eigentlich schade, wie viele Bücher wir einmal unaufgeschlagen an der Grabeskante zurücklassen müssen. Mir das Paradies schon oft als Lesehimmel ausgemalt: eine weltraumweite Zentralbibliothek, in der wir unsere irdischen Versäumnisse im Müßiggang wieder wettmachen können. Ta/160

Nur einen Schaufelwurf weiter beginnt die Unterwelt q

Was will der Dichter seine Leser damit lehren? / Daß das Leben zu kurz ist, / sagt dir schließlich jeder kleine Friedhofsangestellte. W1/384

Vanitas vanitatum: Totengräberlatein q

Hör auf, bevor du nur noch ein Beispiel bietest, auf das man mit dem Finger zeigt. q

An meinem Grab darf gelacht werden. q

9. Die Wahrheit und nichts als die Wahrheit

Ein Aperçu kann man nicht diskutieren. Ta/343

Vor lauter Bewußtsein auf dumme Gedanken kommen q

Wem schon gar nichts Erleuchtendes mehr einfällt, verlegt sich auf die Wahrheit. Ta/384

Wahrheit – Wahnsinn – Vanitas. / Eisern kreist das Selbstbewußtsein / wie ein Geier / überm vorbestimmten Aas. We/56

Die Wahrheit läßt sich nicht rückgängig machen q

Wo man einen Lügner überführt sieht, glaubt ihm keiner mehr. Aber nun die Wahrheit! Ziehen Sie nur eine richtige faustdicke Wahrheit ans Licht, da gibt es doch gleich hundert Ansichten. Vo/51

So einfach liegen die Dinge wieder nicht. / Jedes Ding hat zwei Seiten. / Zwei Parteien schon viere. /Vier Seiten – acht Ansichten. / Acht Ansichten – sechzehn Meinungen. / Prüft, / eh Ihr Euch zu Urteilen hinreißen laßt, / jedes Ding zweiunddreißigmal! Vo/109

Weisheit? / Meinetwegen. Aber nur, wenn man nicht / etwas anderes dafür aufgeben muß. q

Entweder undurchdringlich oder luftdurchlässig werden! Ta/60

Was alles muß man denn noch tun, um sich nicht zu verändern? Vo/21

Die meisten Menschen gehn überhaupt viel zu vorsichtig mit sich um – / Ein Zeichen, daß es auf sie nicht ankommt Ta/94

Wie man in die Welt hineinbeißt, so schmeckt sie. Ta/70

Selbstmörder sind keine anregende Gesellschaft. Ta/176

Ein Gedanke, der einmal kurz aufleuchtet / und vielleicht erst im Jenseits voll zur Geschlechtsreife kommt ... Ta/94

Irgendwo muß auch die Dauer ihren Anfang haben. Vo/23

Eine Welt aus hundert Zufällen geht den Leuten oft leichter in den Kopf als eine einzige Regel. Vo/129

Keine Erkenntnisse zum Rauspredigen gerade Ta/222

Zeitungen als Blätter vom Laub des Lebensbaumes? Ta/185

Grundlagen der Lyrik? Ressentiments als die eigentlichen Geschmacksträger aller Lebensweisheiten und Wahrsprüche. Wenn die Gedanken tief genug in den Ressentiments verwurzelt sind, kann allerdings gar nichts mehr schiefgehen. Ta/291

Das Gehirn als Salatkopf – das Bewußtsein: Schneckenfraß. Ta/295

Wer sich allzu sehr eilt, dem kann es passieren, daß die Füße eher am Ziele sind als der Kopf. Vo/65

Über vollendete Tatsachen soll man überhaupt nicht heulen. Ha/26

Lassen Sie uns nur nicht mit Ihren schmutzigen Gedanken allein. Ha/30f.

Wenn man solche Gedanken erstmal in seinen Kopf hineinläßt, fangen sie gleich an zu tanzen. Ha/36

Wo steht denn das geschrieben, daß der Umgang mit den eigenen Gedanken verboten ist? Ha/36

Aufgeschriebenes haftet. Das kann der größte Unsinn sein, aber irgendwo hält man es dann für eine richtige Wahrheit. Ha/51

Geboren in einer Zeit, als die großkarierten Bademäntel noch die steifen Schwänze schnurrbärtiger Herren verbargen q

Frühe Zeiten: Prägungen auf Vater und Mutter – da kannste auch gleich in die Keimbahn eingreifen q

Dieser Gedanke ist nicht so gut, wie er sich anhört q

Erst kommt die Kunst, ergebenster Diener, und dann erst die Moral. Ad/83

Die Fragen binden uns – die Antworten reißen uns auseinander. q

Wen die Götter verblenden wollen, d e n schlagen sie mit einem guten Gedächtnis. q

Mein Gedächtnis ist nach beiden Seiten offen. q

Wenn du vor deinen eigenen Gedankenblitzen zusammenzuckst. q

Zur Kenntlichkeit karikieren q

Lieber mach ich meine Witze zweimal, als daß ich sie sang- und klanglos untergehen lasse. q

Das Gesamtkunstwerk? Heute gesehen: seinen Döner verputzen mit Walkman vor der Schuhauslage. q

Wagner-Musik: Ausdruck einer Verklemmung, die von Verklemmten als Tiefe genossen wird – q

Ein Schwarzbrot, das man eigentlich nur mit zusammengebissenen Zähnen essen kann q

Wer Hunger hat, der schält den Spargel dick. q

Eines Tages, ich hatte den Dichter gerade ausgezogen und sprach ins Unreine … q

Italien als Kunstland doch völlig überschätzt, das Beste gerade noch die Bosch-Bilder und die Goyas im Museo Capo di Monte in Neapel. q

Italien: der Lauteste kriegt die Braut q

Italien: das Land der Sackkratzer und Taschenbillardeure. Man weiß es ja, und es klingt wie ein schlechter Witz, aber sowie du das Land betrittst, wird gegrabbelt, geknödelt, gekugelt, gegraben, geschabt. It/78

– dafür hab ich doch extra diesen Stil entwickelt, in dem ich alles sagen kann, ohne es gleich diskutieren zu müssen q

So ungefähr – und diesen leichthin/ himmelstrebenden/ Gedanken/ wollen wir ruhig mal/ wie einen angerauchten Havannastumpen/ weiterqueseln lassen…. W1/404

10. Wenn ich einmal »ich« sage, wie viele da wohl noch mitreden können

Furchtlos in den Puffs dieser Welt und befangen nur auf den Parketten Ad/92

Als meiner Mutter mein Vater / zu gefallen begann, / fing bereits das Affentheater / meiner eigenen Fleischwerdung an.

q

Sie wollen doch bitte bedenken, daß ich einer Generation / angehöre, die sich ihr Weltbild / p r a k t i s c h / mit bloßen Händen erarbeitet hat. W1/256

Bei Durchsicht alter Briefe
Daß man so etwas einmal gewesen sein soll – diese sich selbst in diesem kleinen privaten Rahmen noch blähende Imponierfigur. Hochfahrenheit und Wichtigtuerei bis tief in die Syntax. Kein Triumph. Nur Elend. Ad/80

Und ich sage, wenn man bedenkt, durch was für Hände man schon alles gegangen ist, kann man fast den Geschmack an sich selbst verlieren – Ta/273

1964: als mein Pessimismus noch grün war und mein Lebensekel frisch im Kraut stand. Ad/82

Langsam schließen sich die Wunden der Jugend, und nichts will an ihre Stelle treten. / Auch das Leiden an der Menschheit / wird ja mal zum bloßen Routinefall. W1/247

Daß wir das nun schon 20, 30 Jährchen / durchgehalten haben – / Ohne Hybris gar nicht zu erklären. q

Mein laufendes Arbeitsleben: stockend, vergiftet, von Wehleidigkeit unterflossen. Ein verquältes Bemühen um Levitation. Ta/209

Des Tages Leere mit Schlaftabletten aufgefüllt q

Mittag: Rührei / Speck, Räucherfisch, Pfefferoni, Apfelmus, Vincent Klink würde sich bekreuzigen. Ta/300f.

Noch Triptychon oder schon Leporello, / das ist die Frage. q

Und du fühlst dich genau wie ’n abgeschobener Kofferkuli am Ende des Bahnsteigs. q

Wenn ich Brecht lese, Benn lese, sage ich mir: Ich muß eigentlich nicht sein. q

Meine geringen Talente erzwingen keine Tragödie. q

Ich trage meinen hängenden Kopf sehr hoch. q

Ich selbst geb mich so elitär / wie ich halt reduziert bin / und tanz auf keiner Hochzeit mehr, / wo ich nicht amüsiert bin. We/19

Jetzt, wo man in das Alter kommt, zum Vorbild zu werden, / muß man leider von dannen. q

Monolog: Mit mir selbst auf Talkshow. q

Ich irre mich zu meinem Unglück nie. q

Um zu beweisen, daß sie ein Leben lang / unrecht an dir gehandelt haben, / müßtest du sowieso ersteinmal den Sargdeckel / rechtskräftig hinter dir zuschlagen. Ta/231

Ich habe ein ICH besungen, das hinten und vorne nicht zusammenpaßte. q

Auf die Frage »Was ist für Sie das vollkommene irdische Glück?«
Bei vollem Bewußtsein die Besinnung verlieren. FAZ 14.3.1980

Auf die Frage »Was schätzen Sie bei Ihren Freunden am meisten?«
Wenn ich auf dem Zahnfleisch anrutsche und sie sagen: »Schön, daß du da bist.« FAZ 14.3.1980

Auf die Frage »Ihr Motto?«
Wo ich einen Ausweg seh, laß ich mich nieder. FAZ 14.3.1980

Manche Leute haben zur vita activa / eben nicht die rechte Beziehung / und für eine vita contemplativa / nicht das nötige Kleingeld. q

Das ist die Lebenskunst der Sitzenbleiber: / e i n e r m u ß w a c h e n , / der die Bücher führt, / glasklar, eiskalt, bis seinen Kugelschreiber / von selbst der Schlagfluß rührt.

W1/260

Rückblickend mein eigenes Leben ...

Rückblickend mein eigenes Leben
fast noch die günstigste Lösung.

Und dann willst du bald nur noch mit deinem Fischmann
und der Gemüsefrau soweit zurechtkommen,
daß sie dir nicht unentwegt angegangenen Dorsch
und verstockte Radieschen andrehn –
Mit sonem stillen Stubengelehrten
kann man natürlich manches machen.

Von einer gewissen Gleichgültigkeitswarte aus
ließe sich vielleicht sogar noch
über diesen oder jenen Lichtblick verhandeln:
eine bindfadenblonde Rose im Zugwind,
die es zu stützen gilt;
und du tust dich statt mit deinen Altersbeschwerden
ausnahmsweise mal
als großer Wohltäterätäter hervor.

Über den Grabesrand weg läßt sich ohnehin
nur schwer spekulieren.
Keine Mörsergranaten ins Brautbett, schon einmal gut.
Keine Tretminen in den Blumenrabatten, und auch das!
Keine Herzattacke ohne den Beistand von deinem
Lieblingskardiologen
und der BARMER ERSATZKASSE.
Und wenn du morgens wieder mal dunkeltrunken deinen
Rattenbau erreichst,
gratuliere, ah, im Kühlschrank brennt noch Licht.

Manches hält man natürlich nur aus, wenn man weiß,
daß man sich bereits auf der Rückfahrt befindet.
Die Haare lichter.
Stimme leiser.
Und auch die Schlaganfälle knattern nur so um dich rum,
daß du glaubst, in deiner lokalen Galaxis
wär bereits Weltuntergang angesagt.
Man nur gut, daß kein Ehrgeiz dich treibt,
von jedem Stück Lokuspapier
einen Durchschlag hinterlassen zu müssen.

Am schwierigsten bei solcher Lage der Dinge
immer noch ein für Außenstehende
alles begleichendes Schlußwort.
Sage beim Abschiednehmen gern einfach
»Halten Sie die Stellung«,
was im allgemeinen begrüßt wird –
O b w o h l S i e ?
D i e S t e l l u n g ?
H a l t e n ?
Wo die Erde bereits wie ein durchgedrehter Brainburger
durch die große kapitalistische Imbißbude saust,
rasend,
rotierend,
dem Selbstverzehr entgegen,
bis der letzte Biß und der letzte Schiß in einem Reim
zusammenfallen
und die Führung endgültig an die Kakerlaken übergeht …

11. Was ist der Mensch?

Diese Abstumpfungen, die der Geist an sich vornehmen muß, um die Welt überhaupt ertragen zu können q

Wie die einen meinen, sich unentwegt entschuldigen zu müs-/ sen, daß sie überhaupt noch am Leben sind,/und die anderen aus ihrem bloßen Dasein glauben /Versorgungsansprüche ableiten zu können Ta/286

Für bloße Anwesenheit werden hier im allgemeinen keine Essensbons ausgegeben. q

Sie halten für Individualität und Eigensinn was eigentlich nur asoziales Verhalten ist. q

Zu viel Fressen und zu wenig Sinn erzeugt Vandalismus. q

Muskeln quergestreift und längsgestreift,/wenn der Humanismus nicht mehr greift. q

Auch noch Denkanstöße vermitteln?/Soweit kommt's,/ 'n Dichter ist doch kein Zickenbock. W1/430

Also entweder die Sache ist hochkarätig, und das Volk versteht nichts davon (dann hast du Pech gehabt), oder es zieht es sich zu und hat nichts davon, weil es nichts ist. q

Wenn Doofköppe wenigsten nur flache Orgasmen hätten,/ ja, das wär gut,/aber was wissen denn wir, was in deren Hosen vorgeht,/wo sie keine Bücher schreiben – q

Die einzige seriöse Zeitschrift, die sie lesen, ist die »ADAC motorwelt«. q

Welche Leere bei Leuten ohne Bücher, welche selbstverschuldete Armut. q

Hab mir allerdings abgewöhnt, auf die Welt einzureden, als wäre sie noch belehrbar. Ta/353

Wenn diese Gesellschaft sich k e i n e / G e d i c h t e leisten kann, / d e n A n s p r u c h , / ne Kulturnation zu bleiben, werde / I C H ? / a u s e i g e n e r ? / T a s c h e ? / b e s t r e i t e n ? / Gar nichts werd ich. W1/257

Was ist der Mensch??? / (als einfacher Gemeiner) / Stumpf im Triumph, / im Scheitern schon was feiner. Ta/444

Carlos Kleiber dirigiert Johann Strauß' »Schöne blaue Donau«, und das Publikum blökt wie das britische Parlament. q

Das Medium der Leute ist nicht die Sprache, sondern das Geschnatter. q

Herr Krethi und Frau Plethi – / Die Menschheit ist enttäuscht von sich / und wartet auf den Yeti. q

Es starb der Held von Langemarck / – kaum anders zu erwarten – / in einem deutschen Freizeit-Park / im eigenen Schrebergarten. q

Babies: wenn die schon für das Fressen belobigt werden und für das Scheißen auch, wie soll da je – –? q

Was wir brauchen ist: Mehr Demut, weniger Ehrlichkeit. q

Wir platonischen Immoralisten Ta/311

Wenn jeder versuchte, noch ein paar andere mit durchzuschleppen (nicht die Geliebte den Geliebten, die Mutter den Sohn, das zählt nicht), würde die Welt schon etwas anders aussehen q

Aufgabe der Dichtung: eine literarisch bisher nicht lösliche Mischung des Menschen möglich zu machen q

Meine Arbeit [besteht] eigentlich nur aus Anschauen und Bewunderung. Ta/311

Ein neuer Adam? Du kannst ihn haben./Du mußt nur erst den alten begraben./Den Quarzer, den Säufer, den Spanner, das Schwein:/Fragt sich was bleibt? und:/Willst du das sein?!
q

Es gibt Leute, die immer kommen, wenn sie stören und nie da sind, wenn man sie braucht. q

Die Brille oben auf dem Kopp, als ob er Augen auf der Glatze hätte. q

Bißchen Luft zwischen den Menschen soll schon sein, damit sie sich nicht vorzeitig aneinander abschmirgeln. Lu/23

Weihnachtsrush: mit welchem Haß die Leute am Leben sind und wie bis an die Grenze von Mord und Totschlag gereizt sie mit ihren Einkaufskarren an den überhäuften Regalen entlangschrammen. Dann – rumms! ramms! zack! – immer blindwütig gegen die sich zwanghaft verhakenden Wägelchen ihrer Mitkonsumenten an. Ta/164

Der Mensch
Er ist ein kleines Klümpchen Mist/postglacialen Geschiebes./ Mit allem, was so flüchtig ist,/geh sorgsam um und lieb es.
We/76

Bleibt als Highlight so beschaffner Mängel/allenfalls noch seine Himmelssignatur:/ D e r A t o m p i l z , /ein Gehirn am Stengel,/dem Millennium eingebrannt als Kultfigur.
We/60

12. Mein finsteres Untertagebuch

Ein Tagebuch, das weiß, daß man ihm in die Soffitten kuckt, ist als journal intim natürlich nicht mehr ernst zu nehmen. q

TABU: Aufhebung des Zufalls im Seriellen. q

Bin schon öfter gefragt worden, wo und wann ich eigentlich Tagebuch schriebe, und habe dann immer geantwortet: Beim Mittagstisch, vorm Essen, wenn der Appetit die Seele weit macht und auf dem Bier so ganz langsam die Schaumkrone zerknistert. Ta/30

TB, das mir zunehmend beiläufiger erscheint. Wer ein schnelles Leben führt, muß viel aufschreiben, das ist wohl wahr, ganz dicht an den Dingen dran und praktisch ohne Abstand u. Perspektive – *aber*: eine Gestalt, aus lauter Hobelspänen zusammengesetzt, ist das eigentlich noch eine Aufgabe? Ta/81

Was man nicht im Fluge mitschreibt, zählt nach einer Woche Abstand eigentlich schon zu den Lebenserinnerungen. Das TB als eine Art von Selbstversicherung, daß man noch lebt – die Memos, daß man gelebt hat. Wenn ich diese Notizen nur 5-6-7-8 Jahre liegenlasse, hat sich das sausende *Es ist jetzt – Es ist heute – Es ist hier* wie unter der Hand zum beruhigten *Es-war-einmal* abgeklärt. Und bei alledem niemals wissen, was deine letzten Worte sind … Ta/81

Was man vom Tagebuch (als einem genuin privatistischen Genre) erwarten kann, ist zuallererst, daß der Verfasser ein gewisses legeres Verhältnis zu sich selbst unterhält und sich mit dem eigenen Ego nicht unentwegt in essayistischer Prosa bekakelt. Ta/343

TABU: Wer nicht tief genug in sich selbst hineinhört, bleibt auch bei der Welt außen vor. q

Tagebuch: der Versuch, den Unschärfebereich zwischen Psychoanalyse und Neurobiologie mit exakten Selbstbeobachtungen aufzulichten und die Welt der dichterischen Vorstellungen (Bilder, Mythen, Metaphern, Obsessionen) mit jenem unabdinglichen positivistischen Ernst anzugehen, den die neue Irrationale der Poesie so sehr vermissen läßt.

Ta/48

Das Gehirn, das zu seiner Selbstbeobachtung übergegangen ist und zwangsläufig nur noch Störungen oder Mißbehagen an sich selbst produziert. Ta/295

Mein Tagebuch – mein Klagebuch – mein finsteres Untertagebuch q

TB: kein Ort, um öffentlich Klage zu führen. Daß es mir schlecht geht, ist schlimm genug. Ad/93

TABU: ein Buch zum Einswerden. Zum Frommwerden. Zum Kleinwerden. Sich beglückt, behütet und bewahrt zu fühlen.

q

Unterm Apfelbaum an Gedichten, 2 Wörter versetzt. Ta/331

Letzter Versuch, ein zusammenhängendes Tagebuch zu führen, jetzt auch schon zwanzig, nein, genau dreiundzwanzig Jahre her: 48/49, auf dem Höhepunkt meiner spätpubertären Angst- und Zwangsneurose. Hatte damals die Wahrheit schreiben wollen und nichts als die Wahrheit, und was am Ende rauskam, war nichts besseres als eine Statistik meiner portionierten Mahlzeiten nebst Säure- und Pepsinzuwendungen. Furzkurven, Aufstoßfrequenzen, Krampfprofile. Ad/81

Sich selbst zu ernst nehmen, heißt: sich selbst überschätzen.

Ad/84

TABU: Wenn ordentlich was losgewesen wäre, hätte ich vermutlich gar nicht die Zeit zum Aufschreiben gehabt.

q

TB: direkt mit der Nase an den Ereignissen dran kannst du vor lauter Nervosität nicht mitschreiben und nach nur ein paar Stunden Abstand ist schon alles zu lebloser Schlacke erkaltet.

Ta/208

TABU etc.: Es gibt Tage, die uns allen wie Dynamit zu Grunde liegen und die nur noch der Lunte oder eines Brennglases bedürfen. q

TABU: Es ist die freundliche Oberfläche eines in anderen Tiefen geführten Lebens. q

TABU: die innere Wahrheit auf authentische trimmen q

Der Tagebuchschreiber als Vorausdenker: daß man ihn einmal historisch sehen wird. q

TB: sehr eigenartig zu denken, wenn ich in dieser Form das Licht der Öffentlichkeit erblicke, bin ich schon lange tot.

Ta/88

TABU: Nichts Geheimes ans Licht ziehen, sondern: Ich habe teilgenommen an allem, was auch Ihr kennt und habe es s o gesehen! q

Tagebuch: ein Gekrümel. Aber erstens ist an dieser Welt zunächst mal die Welt interessant, und über Metaphysik läßt sich drüben viel besser dröhnen. Ta/131

TABU: Die Nachwelt soll was zum Lachen haben. q

13. So sitzen wir auf wohlgeteilten Ärschen
– Gedanken zu Wirtschaft und Politik –

Ich spreche dem Gang der Geschichte jede Kompetenz ab. q

Wie ich es hasse, wenn die Leute den exekutierten Gang der Geschichte immer für den einzig möglich gewesenen ausgeben. Es hätte alles viel schlimmer kommen können, gewiß, aber auch alles viel besser. q

Ja, ich gehörte oder zählte mich doch zu jener gar nicht so verbreiteten Spezies von linken Patrioten, für die die große Doppelinitiale der Französischen Revolution – FREIHEIT u n d GLEICHHEIT – auf dem gespaltenen deutsch-deutschen Boden besonders verhängnisvoll zerrissen schien. Noch im späten September 1989, als wir mit unserer hausgemachten Mixtura solvens »Jazz-und-Lyrik« durch die DDR-Länder kurvten, habe ich die von mir bevorzugte Doppelflöte vor jedem sich mir entgegenstreckenden Mikrophon ertönen lassen – im Osten muß mehr Freiheit her und im Westen fehlt es an Gleichheit – was sich als dialektisch gedachte Balanciernummer dann auch gleich als Auftrag an den literarischen Artisten weiterleiten ließ. De/14

Die optischen Täuschungen / nehmen mit den Hoffnungen zu. W1/377

Zur DDR 1989

Atemverzehrende Stickmiefglocke über Stadt und Börde, immer zementstaubgrauer je weiter es gegen Dessau zu ging, dann armseliges Vorstadtgehäusel, ein Teil der Gebäude man gerade eben durch die Banderolen z. 40. Jahrestag zusammengehalten: »Täglich unser Bestes für die sozialistische Republik«. Wenn nicht Sonnenblumen- und Gladiolenzeit wäre, ließe sich dem verkommenen Land überhaupt keine lichte Seite mehr abgewinnen. Seit 15, nein, nun gewiß schon seit 20 Jahren immer wieder die gleichen Entschuldigungssuren: kein Marshallplan, keine Steinkohle, die Last der Demontagen, alles abtransportiert bis zum letzten Dichtungsdeckel – aber das mag ich den Nauras inzwischen auch nicht mehr vorbeten. Als Akademiemitglied-Ost fühlt man sich immer gleich mitverantwortlich für den herrschenden Bruchladen. Ta/85

Vor der Schinkelwache Wachablösung u. der mir seit Naziangedenken unsäglich verhaßte Stechschritt. Er erschien mir allerdings kaum noch real existierend, eher Marionettenparade u. ein nur noch scharadenhaftes Markieren von Macht. Mechanisch in Gang gesetzte Uhren-Figuren, die bei Glockenschlag aus dem Gehäuse wackeln und hinterher wieder in der Versenkung verschwinden. Fotografierende Japaner, feixende Holländer, biersüffelnde Tagediebe – ich sah im Geiste schon die Flaschen fliegen. Ta/89

Wenn ich selbst einen Staat zur Verfügung hätte, würde ich dessen Volksauto aber ganz gewiß nicht Trabant (d. h. Mitzügler, unselbständiger Begleiter) nennen u. meine Bevölkerung nicht in einer derartig erzwungenen Affenhaltung zum Gespött der gesamten kapitalistischen Mitwelt machen. Wer die Trabifahrer so fragezeichenhaft darstellen würde wie sie wirklich aussehen, würde vermutlich als kritischer Realist aus dem Verband der Darstellenden Künste ausgestoßen werden. Ta/82

DDR-Menschen: Sie waren noch nicht vom Kapitalismus entstellt, sondern nur vom Sozialismus gezeichnet. q

Die Untergeher-Mythen der DDR: Münzer, Thälmann, Luxemburg, Bauernkrieg – das kann noch so opulent aufgemacht sein, die Niederlage hängt an. q

Zur DDR
Der positive Held als tragische Erscheinung. In Wirklichkeit funktioniert er nicht, und auf dem Papier macht er schon völlig eine blöde Figur. Ta/142

Man muß seine Helden feiern, wie sie fallen. Ta/313

Wo unsere Helden allmählich in diesen selbstreferenten Reklamezustand übergehen q

Dissidenten a. D. wohl die unerquicklichste Spezies, die hierzuland jemals Szene gebildet hat. Dialektik der Verlogenheit: für sie darf die DDR im Grunde nie aufhören, anders sie selbst nämlich augenblicklich ihrer Vorzugsaktien beraubt und auf normale Wettkampfbedingungen zurückverwiesen wären. Daß es neben den ihren (hochreputierlichen) auch noch andere Lebensläufe, politische Werdegänge, Sozialisationsformen und Abweichungsmuster gibt, ist ihnen so gleichgültig wie irgendwas. Ta/451

Die Besserdissis, die ihre Bevölkerung verlassen haben, der Fleischtöpfe wegen, und jetzt ihr schlechtes Gewissen abarbeiten. q

Dissidenten – Dilettanten. Weil sie nichts gelernt haben, außer auf sich aufmerksam zu machen (einziges Kapital: verlängerter Verfolgungswahn). q

Eine Zeitlang von den deutschen Verhältnissen so verwirrt gewesen, daß ich gar nicht mehr an die Liebe und den Tod dachte – von der Weltwirtschaft völlig zu schweigen. q

Dieser sogenannte Mittelstand, der nur das Sahnehäubchen auf der Verbrauchergesellschaft darstellt. q

Klassenbewußtsein: Die Asozialen von oben und unten brauchen die Welt auf. q

Die F-Punkt, / D-Punkt, / P-Punkt, / die FDP-Partei / ist als sozialer Wehpunkt / der allerletzte Höhpunkt / der Beutelschneiderei. q

Und langsam siegt dann das Realitätsprinzip, das überhaupt kein Air mehr hat und fast nichts mehr aussagt. q

Du bezahlst bei diesen Luxusartikeln ja nicht mehr die Ware, die Machart, das Design, du bezahlst nur noch das Preisschild. q

Wer noch das Geld für Kukident hat, / beiße die Zähne zusammen. q

Ein freier Mann – ein leerer Bauch. Vo/55

Der Hunger fällt in die unmittelbare Kompetenz des Volkes. Vo/77f.

Der Verhungernde blickt nicht aufs Haltbarkeitsdatum. W1/458

Hier im Augenblick zu verhungern, bedürfte wohl einer Anstrengung, die unsern meisten Berufsfaulenzern gar nicht zuzutrauen ist. Vo/99

Aus: Lombard gibt den Letzten, III. Akt
Auf der Bühne, verstreut und gestapelt, Dekorationsmaterial: Stoffballen, bunte Kisten, hochgestellte Kulissenwände etc. In der Mitte ein Tresen als Counter; dahinter der 1. Lombardi. 2. Lombardi mit einem Walkie-Talkie-Gerät. 3. Lombardi mit Mpi. Vor dem Tresen: Angestellte stehen Schlange.

2. LOMBARDI *(Ohr am Gerät):* Südzucker weiter steigend. Unifond erholt. VEBA anziehend. Willi-Berg-und-Vergnügung unverändert bröckelnd. –
1. LOMBARDI: Also, meine Herrschaften. Leider. Gipfelwerte unvermindert fallend.
2. LOMBARDI: Fallend ist prima. Rasend wie nichts Gutes. Stürzend. Die sind allein in den letzten fünf Minuten wieder um vier Punkte runter.
TELEFONISTIN: Der helle Wahnsinn. Da ist doch nichts schlechter geworden einfach von gestern auf heute.
1. LOMBARDI: Das ist die Anziehungskraft der Erde ganz allgemein, mein Fräulein. Wenn hier was stagniert, wenn hier kein Aufwind mehr herrscht – dann aber: rumms!
2. LOMBARDI: Und das war wieder einer.
1. KELLNER: Und warum ist der Herr Willi nicht bei uns in dieser schweren Stunde?
BUCHHALTER: Na warum wohl? Weil der in spätestens fünf Minuten wieder da ist. *(Blickt auf die Uhr)* Weil der nur mal eben kurz den Börsenbericht studiert.
2. LOMBARDI: Die Börse ist hier an der Strippe. Schneller als die Strippe kann der Willi auch nicht.
1. LOMBARDI: Stoßen Sie jetzt ab. Wenn es erst richtig abwärts geht mit ihrem Hügel, kriegen Sie aus Lombard nichts mehr raus.
3. LOMBARDI: Lombard guckt nicht nur auf den Pfennig, der sieht auch auf die Uhr.
BUCHHALTER: Ich glaube nichts. Ich warte auf Herrn Willi.
TELEFONISTIN: Und ich verkaufe! *(Zum Counter)*

1. LOMBARDI: Das war sehr klug von Ihnen, Fräulein. Wer kauft denn auch heute noch Berge.
3. LOMBARDI: Kein Mensch, der nicht völlig verrückt ist. Berge sind im Augenblick das größte Risiko.
1. LOMBARDI: Tcha, wenn das´n Tal wär –
2. LOMBARDI: Täler ziehen an. Richtige grüne Täler sind Engpaß.
1. LOMBARDI: Klarer Fall. Kaufen Sie alles andere für Ihr gutes Geld. Legen Sie in Eisschollen an, in Lawinen. Setzen Sie auf Treibsand, Wüstenstreifen, Wolkenfetzen. Kaufen Sie sich meinetwegen in den Spülsaum zwischen Strand und Meer ein – aber lassen Sie die Hand von solchen Bergen.
WILMA: Und warum kauft der Lombard dann die Berge?
2. LOMBARDI: Auf Abbruch.
3. LOMBARDI: Lombards Abbruch- und Schrottverwertungsunternehmen.
2. KELLNER: Ich denk, beim Kurt unten baut er.
2. LOMBARDI: Lombards gemeinnützige Talbaukompanie. 'n klarer Fall für die Ebene.
EURYDIKE: Bei diesen Bahnanschlüssen? Na, ich muß schon sagen.
1. LOMBARDI: Lombards Transportgesellschaften. Lombards Schieneundstraße.
BUCHHALTER: Da wird er bluten müssen.
2. LOMBARDI: Lombards Kreditinstitute. Lombards Bank für Handel und Verkehr.
BUCHHALTER: Das sind keine Sicherheiten. Banken können krachen.
1. LOMBARDI: Lombards Assecuranz. Ich empfehle Ihnen unsre Prospekte. *(Reicht einen Faltprospekt zu. Koch schiebt hastig seine Wertpapiere über den Counter)* Lombards beliebter Krisenschnelldienst mit dem Mengenrabatt. Ja, preisen Sie sich glücklich, werter Herr. Geschwindigkeit ist in solchen weltbewegenden Minuten Bargeld.

WILMA: Da stößt er ab, die Sau. Den ganzen Batzen. Der verkauft uns unter Wert. Der reißt uns noch alle mit runter.
KOCH: Aber das rutscht doch schon völlig ohne unser Zutun. *(Schabt mit der Sohle den Boden)* Da. Das ist doch Mulm. Das bröckelt. Gleitet.
EURYDIKE: Du vielleicht.
WILMA: Wir tanzen das wieder hoch
EURYDIKE *(Nimmt Wilma bei der Hand)*: Komm, komm! *(Sie springen auf das Bühnenpodest)* Wir stecken dem noch mal richtig Flügel auf, dem Berg. Den haben wir sofort um zwanzig Punkte wieder hoch.
WILMA: Wir verändern den Baedeker.
1. LOMBARDI: Lombards Papierfabriken, Druckerei, Setzerei, Verlag und Vertrieb.
3. LOMBARDI: Natürlich. Je mehr hier oben jetzt noch rumgemurkst wird, um so tiefer sinken die Sterne.
2. LOMBARDI: Um so höher klettern die Reinigungs- und Abfuhrkosten. Lo/69ff.

Krieg als Fortsetzung des Marktes mit anderen Mitteln q

Das übelste aller Übel: junge Männer unter Waffen und mit einer menschenverneinenden Religion im Kopf. Ta/55

Was wir jetzt verschlafen, das ist es, was wir uns bald nicht mal mehr träumen lassen können. Vo/46

Wer in Betrachtung der freien Welt als Abenteuerspielplatz von Mordbanditen nicht von seinen eigenen Angst- und Zwangsvorstellungen ausgeht, wird auch den einfachen Mann mit seinen wirklichen Ängsten nicht mehr verstehen. Ta/354

Krieg ist kein literarischer Behandlungsgegenstand mehr, nur noch ein Fluchtgrund. q

Helden: Es geht natürlich kein Schutz von ihnen aus, sondern nur noch Verwüstungen. q

Mit Ironie lassen sich keine Kriege führen – mit Landserhumor dann schon. q

Ironie als Medium des Zweifels q

'zähl mir nichts von Kriem- und andern -Hilden; / lerne: davon läßt sich gar nichts lernen. / Steh nicht rum als wolltst du Salze bilden, / eine Druse, innerlich, aus Sowjetsternen. / Nein, ich rede keinen blöden Mist / und bin weder so-, noch sorum abzurichten: / Gestern Kommunist – morgen Kommunist, / a b e r d o c h n i c h t j e t z t , / b e i m D i c h t e n ? !
W1/284

Das Bücherverbrennungsdeutsch der ApO q

Bei meinen Feinden, zuweilen, finde ich Zuflucht vor meinen Genossen. W1/321

E i n e n S t a a t , e i n e n S t a a t , / wo du ohne Kenntnis der Klassiker gar nicht erst in die / Reprozone gelangst. W1/403

Aber früher, da trug auch der Blinde den Hinkenden / und der Lahme führte den Blinden – / Schiff ahoi! heute klammern sich die Verdurstenden an die Ertrinkenden, / um gemeinsam zu Grunde zu finden. We/61

In der Wiege siehst du nichts / Grausiges und Nächtiges / und vor allem nichts Geschichts- / treibendes und -trächtiges. q

1. Januar 1990
Eine neue Welt, mit der ich positiv nichts rechtes mehr anfangen kann. Ein Vernichtungsgefühl, als ob mein Schiff mit vollen Segeln auf einen Magnetberg zusauste: Bolzen, Schrauben und Nägel fliegen dem Havaristen voraus, ein Geprassel, ein Gescheiter. Als ich zu E. sagte, daß etwas Schlimmes auf mich zukäme, Angstneurose wie seinerzeit nach der Währungsreform oder Depressionsschub wie auf der Höhe der Studentenrevolte, antwortete sie, das kenne sie schon seit einem dreiviertel Jahr. Ah, natürlich wenn der Chefhypochonder mal ein ernstes Leiden anmeldet, heißt es augenblicklich: ick bün all door. Ta/181

Und am Ende ist es im Bett wieder mal gemütlicher als in der wirklichen Welt. Ta/193

Wenn wir uns den Kopf jetzt auch noch über unsre Grundlagen zerbrechen sollen, haben wir bald überhaupt keinen festen Boden mehr unter den Füßen. Vo/16

Also, das wär es dann wohl, der Mast zerspellt, / die Schot gebrochen, / als hätte die ganze Welt / sich gegen dich abgesprochen. We/61

Der Hochmut der Überlebenden kennt keine Grenze. q

Es gibt eine Grenze, wo der Patriotismus aufhört und das Horst-Wessel-Lied beginnt. Ta/137

Es gibt einen Antikommunismus, der nach Habgier, Bereicherungssucht, Geiz und asozialer Gesinnung stinkt. q

Mit dem Nichts ließe sich ja noch leben, aber nicht mit den Nazis. q

Ich [hab] als schreibender Aufklärer immer viel mit Überbaudränage zu tun: Verdrängen ist gut – Bewußthalten ist besser. W2/96

Diejenigen, die Braun = Rot setzen und Rot = Braun, gehören letztlich zu den Auschwitz-Verharmlosern. q

Wer sich heute immer noch auf den letzten Krieg beruft, schürt Haß zwischen den Völkern. q

Punker mit Stachelarmbändern, röhrende Bierdosen, krähende Spätpubertätler, athletisch laut, mit einem Haarschnitt, schon kurz wieder an der Hitlerjugend vorbei, denn der Kapitalismus, der bildet ja nicht, der verdooft. q

Politik beginnt erst da, wo grrrrrundsätzlich keine Kinder getätschelt werden. q

Statt Arbeitsplätze: Gemeinplätze q

In den Arsch kriechen, um zu unterwandern: ist noch nie gutgegangen. q

Wer nicht gleichgestellt ist, dem nutzt Anpassung wenig.

q

Führungsqualität: andere Menschen erniedrigen können

q

Moral ist eine Frage der Macht. q

– – – und man denkt, ich wäre ein Schriftsteller dieser politischen Äußerungen wegen – aber die sind es natürlich nicht.

q

Aus: Was heißt hier Volsinii?, Zehntes Bild
Die erste Einstellung zeigt das volsinische Dreimännerkomplott Arunth Apsis, Achsi Caie Sprinte und Aule Pumpu Plaute im Bemühen, dem etwas schwierigen Auslandskapital (vertreten durch die Vulcenter Bankiers Lars Thuluni und Vel Petruni) stabile Verhältnisse auszumalen.

THULUNI: Ein Ort der Windstille. Wahrhaft. Eine Stätte ungetrübter Ruhe und Beschaulichkeit.
PETRUNI: Man könnte fast vergessen, daß die Welt sich überhaupt bewegt. Seltsam, da kann das Land Kopf stehen, die Erde Falten schlagen, der Acker sich aufwerfen gegen seine angestammten Besitzer – hier ist Friede. Der erste vollkommene Feierabend nach dem Krieg.
APSIS: Dieses Idyll hatten wir im Auge, als wir Sie seinerzeit zum Sitzen nötigten.
PUMPU, *das gefühlvolle Schwergewicht*: Es ist der tiefste Friede seit Menschengedenken.
THULUNI *zögernd und während seiner Rede immer einmal zum Kollegen blickend, der dann zustimmend nickt*: Und doch hat – Ihre lobenswerte Ruhe da – für unsern Geschmack noch immer etwas Künstliches.
SPRINTE: Aber ich bitt Sie, eine Friedensordnung wie die unsre fällt nicht vom Himmel.
PUMPU: Wir lassen sie uns was kosten, nebenbei.
THULUNI *einlenkend, ablenkend*: Wir studieren mit Fleiß Ihre Verhältnisse und sammeln unsre Beobachtungen.
APSIS: Ja, studieren Sie. Sammeln Sie. Nehmen Sie Maß.
Schaun Sie sich um und fragen,
wo um alles in der Welt
sich Neid und Unruh wie bei uns erledigten:
auf dem Verwaltungswege.
Und wenn sich in der Tat größere Städte denken ließen,
gewaltiger an Macht und imponierender im Fett,
wer dort am Letzten herrscht, wir wissen's nicht.
Hier aber: das soziale Gleichgewicht!

SPRINTE: Sein – – – oder Nichtsein!
Er verankert sich mit seinen Füßen sichtlich im Grund.
Das ist hier die Frage.
Ob's besser für den Herrn, den Forderungen
des Abgrunds nachzugeben, oder
sich waffnend gegen einen Pfuhl von Plagen,
ihn austrocknen – mit Gewalt –
Nein, Freunde, hier gibt's Drittes dergestalt,
daß wir der Skrupel uns entschlagen
und sich die Dinge unten regeln lassen:
verwalten – teilen –
Nichts weiter, nur zu wissen, daß ein Spalt
im Volk die Obren einlädt, sichrer zu verweilen;
so sitzen wir auf wohlgeteilten Ärschen,
mal einen Backen, mal den anderen belastend,
im ganzen unverstörbar – teilen – herrschen –
und wenn was wackelt, doch nicht der Gesamtzusammenhalt.
Herrschen – besitzen –
Vielleicht auch etwas drücken, ja da liegt's!
Gebt d e m zu spüren, wer nicht spurt, der falle.
Laßt d e n nicht ohne Trost, er würd mal freigelassen.
Das ist die ganze Kunst im Krieg der Klassen,
die Mißgunst unten in Betrieb zu halten:
sagen wir, hier ein Sklav mit Aufstiegschancen,
sagen wir, dort ein Freier ohne Brot und Käse,
sagen wir, Mittelständler bis zum Kinn in Schulden,
sagen wir, kleine Räuber, fett von Spesen,
da bringt sich alles selbst in die Balance,
man fühlt sich frei, und gibt doch Ruh.
Sprecht, wer regierte gern gegen ein Zähnefletschen?
Besser, die Leute durch die Leute auszuquetschen.
Der Zorn wird röter zwar, der Neid wird gelber –
Macht nichts! die Straße kontrolliert sich selber;
und mit der Zeit wächst alle Einsicht zu.
APSIS: Fazit: Wer Ordnung schaffen will,
nähre die Selbstzerfleischung.

THULUNI: Warten wir's ab.
PETRUNI: Vielleicht ist Logik dennoch keine Täuschung.
DIENER: Eine Katastrophe, Herr Apsis, Herr Sprinte. Die ganze Stadt ist plötzlich in Bewegung. Aufruhr schlägt Funken aus dem Pflaster. Erste Flammen züngeln schon bis an die Haustür.
APSIS *schnell kalkulierend, dann gefaßt – verschroben*: Eine Katastrophe? Aber das kommt ja überhaupt nicht in Frage. Sprinte, was halten Sie von solchen Begebenheiten? *Stößt ihn mit dem Fuß an.*
DIENER: Die Leute sind aber über alles bekannte Maß hinaus in Wut. Auch die Tribunen, die mit im Zug sind, scheinen zu manchem entschlossen. Sie dringen auf Einlaß und verlangen sofortige Gespräche mit den Senatoren.
APSIS: Keine öffentlichen Geschäfte hier! Dies ist ein Freundeskreis.
PUMPU: Eine geschlossene Veranstaltung.
THULUNI *wiewohl bänglich, dennoch forsch*: Dies ist ein privates Fest des Herrn Arunth Apsis. Es sind alles geladene Gäste hier. Freunde. Geschäftsfreunde. Worüber verhandelt wird, sind die empfindlichsten Geschäftsfragen. *Dann mit Gift gegen Sprinte*: Da haben Sie Ihre Straße, Achsi Sprinte. Und nicht die Spur von einem Spalt, der könnt uns jetzt sehr nützen. Aber zum Fortschlüpfen.
PETRUNI: Es wird etwas gerufen – Himmel – Himmel!
THULUNI: Das ist schwankender Boden hier. Und wer hat das den ganzen Abend prophezeit?!
APSIS: Aber meine Herren! Das letzte Wort ist hier gewiß noch nicht gesprochen.
PETRUNI: Gestatten Sie, daß wir uns trotzdem erheben. Wir haben nämlich einen untrüglichen Instinkt für letzte Dinge.
THULUNI: Dieser Ort ist ein Problemkreis. Nichts wie fort.
DIENER *nervös von einem Bein aufs andre*: Und was soll ich denn andrerseits den Leuten da – *Daumengeste.*
SPRINTE *jetzt in raschem Entschluß bereit, das Heft in die Hand zu nehmen*:

Andrerseits: Divide et impera!
Andrerseits: Volksaufläufe ohne rechtes Bett?
Andrerseits: Leidenschaften, ohne mitzuerntеn?
Andrerseits: Fahnen, die bei Anhauch wackeln?
Strohköpfe, angeheizt von Ungelernten?
Die könnt es gelten, kunstvoll abzufackeln.
Daß noch der letzte Irrwisch stolz ist, wie er brennt,
der plumpste Sack sich angehoben fühlt,
meinend, er habe mitbestimmt
und hat nur mitgespielt.

APSIS *nach kurz gerafftem Bedenken*: Ich denk, das läßt sich hören. Doch nicht alle, mein ich –

PUMPU *entschieden entsetzt*: Nein!

APSIS: Nur die Vertreter, laßt sie – o Vergebung – bittet sie herein. Vo/70-74

Prag/Ungarn 1989
Der Supermarkt Europa öffnet seine Pforten, aber kann mir nicht helfen, ich trau diesen Tränen nicht recht. Frage mich schon seit Tagen, was sich meiner durchaus vorhandenen Anteilnahme sofort dämpfend auf die Brust legt. Ein Gefühl, als ob die Weltenuhr einen imaginären Zeitsprung nach vorn gemacht hätte und der eigene Wirklichkeitssinn käme nicht mehr geschichtssynchron mit. Ta/92f.

Ich will ja nicht hetzen, aber so rum betrachtet / ist der Sozialismus eigentlich / mehr ne Sache fürs Jenseits: / Ohne Hoffnung nicht zu ertragen, und zum Leben / – wie sagt man? – keine echte Alternative. W1/303

Wenn der Kapitalismus gesiegt hat, wird kein Mensch mehr wagen, von »Kapitalismus« zu sprechen. Ta/138

Was sind das für Zeiten, wo ein Gejammer über das Wetter schon für gesellschaftliches Räsonieren gilt. q

Also heut: zum Ersten, Zweiten, Letzten: / Allen Durchgedrehten, Umgehetzten, / was ich, kaum erhoben, wanken seh, / gestern an und morgen abgeschaltet: / Eh dein Kopf zum Totenkopf erkaltet: / Bleib erschütterbar – doch widersteh! W1/312

Hoffen wir mal, daß der Sozialismus auch nur ein Unkraut unter anderen ist, das immer wieder durchkommt, ob sie wollen oder nicht. Ta/159

Die Biographie ist zuende,
die Bibliographie beginnt. Ad/82

Zitierte Veröffentlichungen von Peter Rühmkorf

131 Expressionistische Gedichte. Herausgegeben von Peter Rühmkorf. Berlin 1976. ©Verlag Klaus Wagenbach (Ex)
Bellman und ich. In: Der Rabe 52 (1998). (Be)
»Das Lied der Deutschen«. Mit einem Essay von Heinz Ludwig Arnold über Peter Rühmkorf. Göttingen 2001. © Wallstein Verlag (Li)
Deutschland, ein Lügenmärchen. Göttingen 1993. (De)
Die Jahre die Ihr kennt. Anfälle und Erinnerungen. Werke 2. Herausgegeben von Wolfgang Rasch. Reinbek bei Hamburg 1999. © Rowohlt Verlag (W2)
Die Handwerker kommen. Ein Familiendrama. Berlin 1974. (Ha)
Dreizehn deutsche Dichter. Reinbek bei Hamburg 1989. © Rowohlt Verlag (Dr)
Essen, Trinken, Dichten. In: Cotta's kulinarischer Almanach. 1997/98. Stuttgart 1996. (Es)
Gedichte. Werke 1. Herausgegeben von Bernd Rauschenbach. Reinbek bei Hamburg 2000. © Rowohlt Verlag (W1)
Ich habe Lust im weiten Feld … Betrachtungen einer abgeräumten Schachfigur. Göttingen 1996. © Wallstein Verlag (Lu)
Italienische Notizen. Tagebuchaufzeichnungen. In: Die Rübe 4 (1992). (It)
»Jetzt nur noch dies lasche Adieu«. In: Der Rabe 34 (1992). (Ad)
Lombard gibt den Letzten. Ein Schauspiel. Berlin 1972. (Lo)
Mein lieber Freund und Kompanjung. Zusammen mit Horst Janssen. Hg. v. Thomas C. Garbe. Hamburg 1999. (Ja)

Schachtelhalme. Schriften zur Poetik und Literatur. Werke 3. Herausgegeben von Hartmut Steinecke. Reinbek bei Hamburg 2001. © Rowohlt Verlag (W3)
TABU 1. Tagebücher 1989-1991. Reinbek bei Hamburg 1995. © Rowohlt Verlag (Ta)
Vorwort. In: Kurt Kusenberg: Zwist unter Zauberern. Erzählungen. Herausgegeben von Barbara Kusenberg. Reinbek bei Hamburg 1998. © Rowohlt Verlag (Ku)
Was heißt hier Volsinii? Bewegte Szenen aus dem klassischen Wirtschaftsleben. Reinbek bei Hamburg 1969. (Vo)
Wenn – aber dann. Vorletzte Gedichte. Reinbek bei Hamburg 1999. © Rowohlt Verlag (We)
Wo ich gelernt habe. Göttingen 1999. © Wallstein Verlag (Wo)

Unveröffentlichte Notate sind mit (q) gekennzeichnet, sie sind den »Quantenmappen«, Stoffsammlungen Peter Rühmkorfs entnommen.

Auch im Verlagsleben wirkt sich der Seitensprung letzten Endes festigend auf die ständige Beziehung aus. Ta/69

Bibliografische Information der Deutschen Bibliothek
Die Deutsche Bibliothek verzeichnet diese Publikation in der Deutschen Nationalbibliografie; detaillierte bibliografische Daten sind im Internet über http://dnb.ddb.de abrufbar.

Quellenangaben und Copyright siehe S. 146 f.

Gesetzt aus der Bembo
Druck und Bindung: Clausen & Bosse, Leck
Printed in Germany
ISBN 3-421-05797-4